Arena-Taschenbuch
Band 2887

Klaus Heilmann
ist Medizinprofessor, Risikoforscher, Publizist und TV-Produzent.
Er war Fernsehmoderator, schrieb Hörspiele, Theaterstücke
und über 30 Bücher, die meisten davon wurden
in fremde Sprachen übersetzt.

Im Arena Verlag bereits erschienen:
Luzi, mein Schutzengel
Luzi, Schutzengel im Anflug
Mehr über Luzi und seinen Autor im Internet.
www.engelluzi.de

Sabine Kranz
studierte Illustration und Grafikdesign in Kassel, Basel
und Poznan (Polen). Sie arbeitete als Grafik-Designerin
in einer Werbeagentur und ist heute freie Illustratorin
in Frankfurt. Am liebsten illustriert sie Bücher,
die sie als Kind gerne gelesen hätte.

KLAUS HEILMANN

Luzi, Schutzengel in geheimer Mission

Mit Bildern
von Sabine Kranz

Arena

In neuer Rechtschreibung

1. Auflage als Arena-Taschenbuch 2004

Ein Projekt der Montasser Medienagentur
Einband und Illustrationen: Sabine Kranz
Gesamtherstellung: Westermann Druck Zwickau GmbH
ISSN 0518-4002
ISBN 3-401-02887-1

Inhalt

Zurück zur Erde

»Teufel auch!«, hörte man Petrus schimpfen, und dann schlugen auch schon die Blitze rechts und links in die weißen Schäfchenwolken ein.

Wieder einmal hatte sich Petrus über Engel Luzi sehr geärgert und ihn in den Himmel zurückgerufen. Dort hielt er ihm eine saftige Strafpredigt. Auch wenn er erst kürzlich für die Menschen des neuen Jahrtausends geschaffen wurde, so ging es mit ihm nicht weiter.

Doch dann besann sich der Himmels-Verwalter darauf, dass Luzi noch in Erprobung stand, und beruhigte sich wieder. Vielleicht, überlegte er, war der letzte Auftrag nicht das Richtige für ihn gewesen. Luzi war schließlich ein Engel mit außergewöhnlichen Fähigkeiten. So ein Engel brauchte eine besondere Herausforderung – nicht ein braves, sondern ein schwieriges Kind.

»Ich will es noch einmal mit dir versuchen und deine Probezeit verlängern«, sagte Petrus zu ihm, »obwohl es die Himmelsordnung nicht vorsieht. Aber sprich nicht darüber, der Auftrag muss geheim bleiben.«

Huldvoll entließ Petrus seinen Engel. In Gedanken aber rieb er sich über seine himmlische Eingebung genüsslich die Hände.

Gerade noch einmal davongekommen, dachte Luzi und verabschiedete sich von Petrus mit einer tiefen Verbeugung. Dann schwebte er artig davon, so leicht und leise, wie Petrus ihn noch nie hatte schweben sehen.

Aber dann, als Petrus ihn nicht mehr sehen konnte, band er sich rasch sein rotes Halstuch vor den Mund, wie die Motorradfahrer, mit Knoten hinten, klappte die Flügel zusammen und zündete sein Düsen-Triebwerk. Es dauerte nicht lange und er tauchte wie ein Meteorit in die Erdatmosphäre ein.
Wie gut, dachte Luzi unterwegs, dass Petrus mir diesmal mehr zutraut und mich für eine geheime Mission ausgewählt hat. Dafür werde ich ihm auch zeigen, was ich alles draufhabe. Denn während andere Engel nur gesehen werden können, wenn die Menschen an sie glauben, kann ich jederzeit erscheinen oder mich unsichtbar machen. Ich werde meine tolle technische Ausrüstung, die außer mir kein Engel besitzt, so einsetzen, dass Petrus die Augen rausfallen.
Als Luzi der Erdoberfläche schon recht nahe gekommen war, schaltete er sein Navigationssystem ein.
Die kleine Stadt, in der er tätig werden sollte, war gar nicht so weit von dem Ort entfernt, in der sein berühmter Professor und der brave Junge lebten. Bei ihnen war er zuletzt als Schutzengel tätig gewesen. Sie würden staunen, dachte Luzi, wenn sie wüssten, dass ich wieder zurück bin.

Als Luzi endlich sein Ziel gesichtet hatte, schaltete er das Triebwerk ab und ging in lautlosen Flügelflug über. Was er sah, war ein Städtchen mit bunten, alten Häusern in hübschen, engen Gassen. Alles, was zu einer Stadt gehörte, war vorhanden: Rathaus, Bahnhof, Kirche, Schlachthof, Altersheim, Feuerwehrhaus, Friedhof, Schwimmbad, Gärtnerei, Fußballplatz, Kino sowie ein Mac und ein Burger. Auch viele kleine Geschäfte und Gaststätten gab es. Neben einer Metzgerei entdeckte er ein Friseurgeschäft. Das erinnerte ihn daran, sich seine Engelslocken nachfärben zu lassen.
Den Kindergarten und den Spielplatz hätte Luzi fast übersehen, denn sie waren sehr klein. Dafür war die Schule sehr groß. Genau, wie er es erwartet hatte. Eine Schule, das wusste er schon, durfte in keiner Stadt fehlen. Weil die Lehrer sonst nicht wissen, was sie ohne Schulkinder den ganzen Tag anfangen sollen.
Um alles genau zu betrachten, überflog Luzi mehrmals die Stadt. Er machte auch Fotos mit seiner Digitalkamera.
Dann peilte er die Kirche an, in deren Nähe ein verlassenes Bauernhaus liegen sollte. Dort erwartete man ihn schon.
Als er landete, läuteten vom Kirchturm gerade die Glocken.

BAR
P
Mo. - Fr.

Aber nicht zu seiner Begrüßung, wie er zunächst dachte, sondern weil es zwölf Uhr mittags war.

Das ärgerte ihn.

Das verlassene Bauernhaus

In unmittelbarer Nähe der Kirche und des Friedhofs lag ein altes, verlassenes Bauernhaus. Jeder in der kleinen Stadt kannte es. Man erzählte sich die geheimnisvollsten Geschichten darüber. Wundersame Dinge, die sich darin abspielen sollten. In Wirklichkeit war es das Wohnheim der Schutzengel. Aber das wusste niemand in der kleinen Stadt.

Als Luzi durch eines der Fenster hineinschaute, wurde von der Engels-Köchin gerade eine dampfende Suppe aufgetragen. Aber die Engel in ihren hübschen weißen Rüschenhemdchen konnten noch nicht essen. Sie mussten erst noch mit ihren himmlischen Instrumenten ein Halleluja

spielen. Als sie dann schließlich vor ihren Tellern saßen, war die Suppe kalt. Das inspirierte Luzi zu einer Idee.
Dann trat er ein.
»Salve«, rief er seinen Schwestern und Brüdern zu und nahm das rote Halstuch vom Mund. »Lasst euch nicht stören. Wollte euch nur wissen lassen, dass ich da bin.«
Dass ein Kollege mit einem Sonderauftrag kommen würde, das wussten die Engel schon. Petrus hatte ihnen nämlich eine SMS geschickt, die sie sehr neugierig gemacht hatte. Doch dass dieser Engel so aussehen würde, wie Luzi aussah, das hatten sie sich nun wirklich nicht träumen lassen. Total hip gekleidet und ganz in Schwarz. Selbst die Engelslocken waren schwarz mit einer roten Strähne in der Mitte. Und eine Nickelbrille mit kleinen, runden Gläsern trug er. Am meisten aber bestaunten sie seine schwarze Lederjacke mit den Silberknöpfen und der Aufschrift »Engel« auf dem Rücken in Feuerrot.
Kein Wunder, dass die meisten nicht weiteressen konnten, weil sie den Mund nicht mehr zukriegten. Besonders die Engelinnen fanden Luzi in seinem schwarzen Outfit supercool.

Nachdem sich die Engel genug ausgestaunt hatten, setzte sich Luzi zu ihnen an den Tisch. Die Engels-Köchin brachte noch einen Teller herbei. Viel war es nicht, was Luzi darauf sah. Als er ihr einen vorwurfsvollen Blick zuwarf, begann sie zu zittern. Wie ein Wabbel-Pudding. Sie koche nur aushilfsweise, entschuldigte sie sich. Seit langem suche man schon eine gelernte Engels-Köchin. Luzi kam sofort der Gedanke, seine italienische Freundin einfliegen zu lassen. Sie war in der Küche eines Klosters in der Toskana tätig. Italienische Pasta hielt Luzi sowieso für das Höchste auf Erden. Und ihre Spagetti nach Teufelsart waren ein himmlischer Genuss.
Beim Nachtisch berichtete Luzi Neuigkeiten von oben. Die Engel hörten andächtig zu, viele von ihnen waren lange nicht mehr dort gewesen. Zwischendurch machte er Scherze und gab hinter vorgehaltener Hand Anekdoten über Petrus zum Besten, was die Stimmung rasch auflockerte. Die meisten amüsierten sich köstlich und die Engelinnen kicherten, wie sie schon lange nicht mehr gekichert hatten.
Doch dann wollten sie Näheres über den besonderen Auftrag erfahren, den Luzi von Petrus erhalten hatte.
»Nun ja«, sagte Luzi mit bedächtiger Stimme und stand auf,

um seinen Worten die entsprechende Bedeutung zu geben, »unser Herr Petrus meint, dass es an der Zeit sei, sich hier am Ort eines gewissen Kindes anzunehmen . . .«

»Wen meint er . . .?«, flüsterte eine Engelin ihrer Nachbarin zu.

»Eines Kindes, das ziemlich eigenwillig ist . . .«

»Er meint die Jenni . . .«, rief einer.

»Und frech . . .«

»Kann nur die Jenni sein . . .«, unterbrach ein anderer.

Luzi setzte noch eins drauf: »Ungeheuerliche Dinge sind Petrus von diesem Kind zu Ohren gekommen, dass es immer seinen Kopf durchsetzen will, vor den Erwachsenen wenig Respekt hat und in der Schule eine Katastrophe ist.«

Luzi warf sich in die Brust und schloss mit den Worten: »Und um dieses arme, verirrte Kind auf den rechten Weg zurückzuführen, hat mich unser Herr Petrus geschickt.«

»Endlich, endlich«, murmelten einige. Und eine Engelin rief: »Der Retter ist gekommen!«

Dieser Zuruf machte Luzi besonders stolz.

Dann fragte er: »Wer von euch kann mir mehr über dieses Mädchen erzählen?«

»Osmodeus«, tönte es wie aus einem Mund.
Osmodeus stand auf, verbeugte sich vor Luzi und sagte bescheiden: »Ich bin Osmodeus, der Schutzengel des Schulhausmeisters. Seit die Jenni keinen eigenen Engel mehr hat, habe ich mich um sie gekümmert. So gut ich konnte.«
»Und warum hat sie keinen eigenen Engel mehr?«, wollte Luzi wissen.
»Warum wohl?«, rief einer und alle lachten.
»Weil sich keiner mehr für sie gefunden hat«, sagte Osmodeus.
So schlimm, dachte Luzi, kann doch ein Kind gar nicht sein, dass sich kein Schutzengel mehr findet. Und er nahm sich fest vor, diesem Kind ein besonders guter Schutzengel zu sein.
Nachdem sich Luzi mit Osmodeus verabredet hatte, um Jenni und die Schule kennen zu lernen, verabschiedete er sich von seinen Schwestern und Brüdern mit einem herzlichen »Salve«.

Dann verschwand er, um sich nach der langen Reise und dem kärglichen Mahl erst einmal eine Pizza Funghi e Carciofi reinzuziehen. Das ist eine Pizza mit Pilzen und Artischocken, Tomaten und Mozzarella.

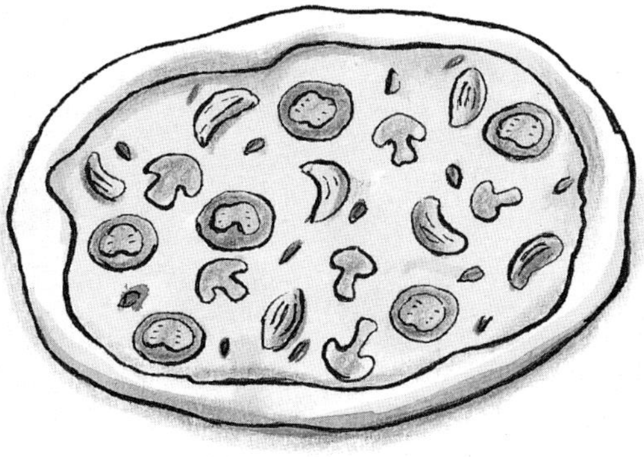

Der besondere Auftrag

Die Schule, in der sich Luzi mit Osmodeus verabredet hatte, war ein großer grauer Kasten. Der Pausenhof war zementiert und von einer Mauer umgeben. Die Mauer passte gut zu der Schule, sie war auch grau. Kein Grün weit und breit. Er wusste auch gleich, was er alles ändern würde.

Der Hausmeister der Schule hieß Pfannenstiel, aber alle nannten ihn nur Pfanne. Er war bei den Kindern sehr beliebt. Wenn ein Kind mit seinen Lehrern Stress oder zu

Hause Zoff hatte, rannte es zu Pfanne. Der wusste immer Rat.
Osmodeus war handwerklich äußerst geschickt. Und weil er mit dem Beschützen von Herrn Pfannenstiel keine besondere Mühe und somit viel freie Zeit hatte, half er ihm beim Reparieren kaputtgegangener Schulsachen. Der Handwerksraum war im Keller der Schule und wurde von Osmodeus sehr ordentlich gehalten.

Luzi umflog mehrmals die Schule und sah durch die Fenster den Kindern beim Schreiben und Lesen zu. Sehr glücklich sahen sie alle nicht aus.
Nachdem Osmodeus länger nicht kam, machte sich Luzi auf die Suche nach ihm. Im Keller geriet er in ein Gewirr von dunklen Gängen. Hier musste man sich auskennen. Doch Luzi war nicht umsonst supermodern ausgerüstet. Also schaltete er seinen Infrarot-Navigator ein und stand kurze Zeit später vor einer Tür, hinter der jemand eifrig hämmerte und noch eifriger sang.
Luzi klopfte und öffnete.

An der Hobelbank saß der singende Osmodeus und reparierte einen Stuhl.

»Hallo Luzi«, sagte er freundlich, ohne seine Arbeit zu unterbrechen, »was machst *du* denn hier?«

»Wenn ich mich recht erinnere«, sagte Luzi, »waren wir verabredet.«

»Wirklich?«, meinte Osmodeus mit einem entwaffnenden Lächeln und hämmerte weiter. »Das muss ich total vergessen haben. Gut, dass *du* es nicht vergessen hast. Sonst hätten wir es beide vergessen.«

»Treffer«, sagte Luzi und dachte: Typisch Engel, keinerlei Zeitgefühl.
»Arbeitest du oft hier?«, fragte er dann.
»Immer wenn was anfällt«, sagte Osmodeus. »Pfanne hat schon genug um die Ohren mit all den Kindern.«
Luzi sah sich im Raum um und betrachtete die Sachen, an denen Osmodeus gerade arbeitete.
»Wie ist sie?«, fragte er plötzlich.
»Wer?«
»Jenni.«
»Ach, Jenni.«
Osmodeus seufzte und legte seine Arbeit beiseite.
»Ja, wie ist sie? Prima ist sie! Ein klasse Mädchen, mit viel Grips in der Birne und noch mehr Phantasie. Und einem enormen Freiheitsdrang. Die braucht mehr Auslauf als ein Jagdhund.«
»Ist sie beliebt?«
»Bei den Kindern, meinst du?«
»Hm.«
»Alle mögen sie. Weil sie so tolle Einfälle hat.«
»Und die Lehrer?«, hakte Luzi nach.

»Nun ja«, sagte Osmodeus vorsichtig, »die haben gewisse Schwierigkeiten mit ihr.«

»Was ist mit ihren Eltern?«, wollte Luzi wissen.

»Meist ist Jenni mit ihrer Mutter allein. Der Vater ist Forscher . . .«

»Forscher . . .?«

»Forscher und Tierschützer. Kümmert sich um Tierarten, die vom Aussterben bedroht sind. Oft ist er monatelang auf Expedition. Er müsste öfters zu Hause sein, das täte Jenni gut. Diesmal ist er schon fast ein Jahr weg. Neulich war er sogar mal verschollen. Ein Wunder, dass sie überhaupt noch weiß, wie er aussieht.«

»Und die Mutter«, fragte Luzi, »was macht die?«

»Schlägt sich tapfer durch mit ihrem Wildfang. Eine tolle Frau. Übersetzt Bücher und schreibt für Zeitungen. Auch für unsere Stadtzeitung. Oft ist sie am Boden, wenn es mit Jenni in der Schule mal wieder nicht klappt. Aber sie glaubt fest an sie.«

Und leise, fast wehmütig fügte Osmodeus hinzu: »Ich auch.« Dann stand er auf, drückte Luzi kurz an sich und sagte: »Jetzt hat sie dich. Pass gut auf sie auf.«

Es klingelte zur Pause. Kurz darauf war Geschrei zu hören, das wie Donnerhall näher kam.
»Das ist sie«, sagte Osmodeus schnell, »hab ihr noch nichts von dir erzählt.«
Und dann wurde auch schon die Türe aufgerisssen und herein stürmte ein Mädchen, wild und ungestüm wie ein Junge. Sie trug Jeans, ein bauchfreies T-Shirt mit Sternen darauf und hatte eine schwarze Haarsträhne im rotblonden Haar.
Als Jenni Luzi sah, blieb sie erstaunt stehen.
»Hallo!«, sagte sie. Mehr wusste sie in diesem Moment nicht zu sagen.
Auch Luzi sagte: »Hallo.«
»Das ist Jennifer«, stellte Osmodeus das Mädchen vor, »Jennifer Gruber, neun Jahre alt und 132 Zentimeter groß.«
»Gut, dass du mich vorgestellt hast«, unterbrach das Mädchen Osmodeus, »ich hatte schon ganz vergessen, wie ich heiße. Und nenn mich nicht immer Jennifer.«
»Warum eigentlich nicht? Ist doch ein schöner Name . . .«
»Ist er nicht . . .«, widersprach sie ihm, »wie oft muss ich dir das noch sagen? Dödel.«

Vergessen und nicht abgeholt!

Dann strahlte sie Luzi an. »Ich bin die Jenni«, sagte sie, »und wer bist du?«

»Das ist Luzi«, erklärte Osmodeus, »dein neuer Schutzengel.«

»Echt?«, fragte Jenni.

Luzi nickte: »Echt!«

»Ich glaub's nicht«, sagte sie, schlich mehrmals um ihn herum und betrachtete ihn von allen Seiten. »So einen Engel wie dich habe ich noch nie gesehen. Endlich mal einer ohne Goldlöckchen und Goldglöckchen.«

Und zu Osmodeus, der gerade etwas im Handwerks-Schrank suchte, sagte sie: »Gefällt mir besser als der alte . . .«

»Wie schön . . .«

»Und auch besser als du . . .«

»Auch recht.«

Osmodeus ärgerte sich nicht. Er wusste, dass sie das nicht so meinte.

»Ich glaub, wir werden 'ne Menge Spaß miteinander haben«, sagte sie zu Luzi und sah ihn viel sagend an.

Luzi glaubte das auch, sagte es aber nicht.

»Dafür sind Engel eigentlich nicht da«, rief Osmodeus.

»Wozu nicht . . .?«

»Um Spaß mit ihnen zu haben. Deinem alten Engel ist der Spaß mit dir gründlich vergangen. Der ist jetzt im Himmel. Zur Erholung . . .«

»Hör gar nicht auf ihn«, flüsterte Jenni Luzi zu, »Osmodeus hat sowieso 'nen Stich . . .«

»Wer weiß, ob er sich überhaupt noch mal erholt. Nervöser Federnverlust ist bei Engeln eine ziemlich ernste Erkrankung.«

Jenni versuchte Osmodeus' Worte durch unschuldiges Lächeln abzumildern. Sie konnte ziemlich gut unschuldig lächeln.

»Also reiß dich zusammen«, fügte Osmodeus noch hinzu, »sonst bist du auch diesen Engel los, einen weiteren gibt's dann nicht mehr.«

Jenni wollte sich mit Osmodeus nicht weiter herumstreiten. Längst hatte sie ihre Vorstellungen, wie das Zusammenleben mit ihrem neuen Engel sein würde.

Luzi war ganz hin und weg von Jenni, aber bemüht, ihr gegenüber der Coole zu bleiben. Diese Jenni, dachte er,

braucht nicht aufgepeppt zu werden wie mein letzter Schützling. Die ist ein richtiges Powermädchen. Die nimmt es mit jedem Jungen auf.
Jenni hüpfte vor lauter Freude über ihren neuen Engel von einem Bein auf das andere. Dann sagte sie: »Das mit dir muss ich gleich Anna erzählen.«
»Anna?«, wiederholte Luzi noch ganz in Gedanken.
»Meine beste Freundin«, erklärte sie.
Osmodeus stöhnte hörbar auf.
»Was ist mit ihrer Freundin«, wollte Luzi von Osmodeus wissen.
»Auch so 'ne Marke«, sagte er. »Na, du wirst sie ja kennen lernen. Rennen beide in so 'nem bauchfreien Sternen-Hemdchen rum.«
»Genau«, sagte Jenni, drehte sich um die eigene Achse und hob die Arme, um sich von Luzi ihren Bauchnabel bewundern zu lassen.
Osmodeus schüttelte den Kopf und murmelte: »Sind beide von 'nem anderen Stern. Der Vernünftigste ist ihr Freund . . .«
»Ich hab keinen Freund . . .«

»Was ist Daniel dann . . .?«
»So 'ne Art Kumpel.« Und zu Luzi gewandt, fügte sie hinzu: »Dani kann gar kein Freund sein. Der hat dafür keine Zeit. Den ganzen Tag ist er am Üben . . .«
»Klavier«, fügte Osmodeus erklärend hinzu.
»Am liebsten Mozart«, ergänzte Jenni. »Für mich ist Dani ein echter Künstler. Der wird mal richtig berühmt. So wie mein Papa.«
»Wie dein Papa?«, wiederholte Luzi.
»Ja, mein Papa«, sagte Jenni. »Wenn er zurückkommt von seinen Expeditionen, schreibt Mama immer Artikel über ihn. Und über die Tiere, die er gerettet hat. Mit Bildern von ihnen.«
Gerade, als Luzi hierzu etwas fragen wollte, vernahm man von draußen Laufen und Geschrei. Dann wurde die Tür aufgerissen und herein stürzten zwei Kinder, ein schwarzhaariges Mädchen und ein blond gelockter Junge, die sich in den Haaren lagen.
Das Mädchen trug wie Jenni ein bauchfreies T-Shirt mit Sternen, der Junge ein XXL-Hemd mit dem Kopf von Mozart darauf.

»Lässt du wohl Dani los, du Bestie«, schrie Jenni und stürzte sich auf das schwarzhaarige Mädchen.
Sofort ließ die Schwarzhaarige ab von dem Jungen, aber nur, um sich mit derselben Energie auf Jenni zu stürzen.
»Das sind Anna und Dani«, erklärte Osmodeus, »Jennis beste Freunde.«
Dann machte er sich gelassen daran, die Streithennen zu trennen.
»Bravo!«, lobte er, nachdem er die beiden Mädchen auseinander gebracht hatte, »da habt Ihr euch ja gleich von euren besten Seiten gezeigt.«
»Wir haben keine besten Seiten«, erwiderte die Schwarzhaarige trotzig.
»Nicht einmal gute«, fügte Jenni noch ganz außer Puste hinzu.
Jetzt erst bemerkten Anna und Dani Luzi, der den Auftritt im Hintergrund wortlos beobachtet hatte. Erst sahen sie ihn staunend an, dann ging ihr Blick fragend zu Jenni.
»Gefällt er euch?«, wollte Jenni wissen.
Dani sagte »Hm« und Anna meinte: »Ja, schon. Aber wer ist das eigentlich?«

Jenni sah Luzi an, mit einem Lächeln um die Lippen und einem Blitzen in den Augen, das Luzi nur allzu gut von seiner italienischen Freundin kannte.

»Wer das ist?«, wiederholte Jenni und ließ Luzi nicht mehr aus den Augen. »Mein süßer Außerirdischer ist das, mein Schutzengel.«

»So sieht ein Schutzengel aus?«, fragte Dani überrascht. Er konnte es gar nicht glauben.

Jenni antwortete selbstbewusst: »Deiner nicht und der von Anna auch nicht. Aber meiner schon!«

Anna wollte genauso wenig wie Dani glauben, dass Luzi ein Engel war.

Und ehe Luzi sich versah, hatte Anna ein Streichholz in der Hand, zündete es an und steckte es in den Mund. Als sie die Lippen wieder öffnete, war es erloschen.

Dani hatte sich entsetzt die Hand vor die Augen gehalten.

Anna sah Luzi herausfordernd an. Dann drückte sie ihm die Streichholzschachtel in die Hand und sagte: »Na, du süßer Außerirdischer, kannst du das auch?«

Luzi sagte darauf nichts und gab ihr die Streichhölzer zurück.

Er lächelte die Kinder an, öffnete die Lippen und hauchte eine Flamme in den Raum, so hell und warm, wie sie noch nie eine Flamme gesehen hatten.
»Wow!« Das war alles, was Anna und Dani herausbrachten. Jenni aber stürzte sich auf Luzi, umarmte ihn und sagte: »Ja, du bist ein Engel. So was kann nur ein Engel.«

Unerwarteter Besuch

Luzi war auf dem Weg zu Jenni. Dort, wo die Stadt aufhörte und der Wald begann, wohnte sie. In einem Haus am Ende einer kleinen Straße. Sie nannte es das »Haus am Ende der Welt«.

Das alte Haus stand in einem wunderschönen, großen Garten, der ziemlich verwildert war. Doch für Jenni und ihre Freunde war es das Paradies zum Spielen.

In diesem Garten pflanzte Jenni Gemüse. Aber nicht regelmäßig und meist zur falschen Zeit. Deshalb gab es auch nicht viel zu ernten. Die Obstbäume waren genügsamer, sie

trugen von selbst Früchte. Und auch die Blumen wuchsen von allein.
Am Gartenzaun hing ein Schild: »Vorsicht gefährlicher Hund!« Den Kopf des Hundes auf dem Schild hatte Jenni selbst gemalt. Er sah Furcht erregend aus.
Hier lebte Jenni zusammen mit ihrer Mutter und Konrad.
Konrad war Jennis Papagei. Der Vater hatte ihn von einer Expedition aus Südamerika mitgebracht. Der Vogel hatte ein farbenprächtiges Gefieder und war sehr gesellig. Er liebte es, sich zu verstecken und Besucher zu erschrecken. Was er hörte, plapperte er nach. Er war ziemlich gut im Nachplappern. Konrad passte zu Jenni.

Als Luzi zum ersten Mal das Haus am Ende der Welt aufsuchte, wusste er von Konrad noch nichts. Und da auf sein Klopfen niemand aufmachte, die Seitentür aber offen stand, ging er ahnungslos hinein. Es war ziemlich dunkel, denn drinnen brannte noch kein Licht und draußen dämmerte es schon.
»Hau bloß ab!«, hörte er plötzlich jemanden krächzen, »hau bloß ab!«

Noch ehe Luzi wusste, wer das zu ihm sagte, krächzte die Stimme: »Fass ihn, Pluto, fass ihn!«
Luzi erschrak zu Tode, obwohl ein Engel das gar nicht bräuchte. Da er das Schild mit dem gefährlichen Hund am Gartenzaun gesehen hatte und zunächst nicht wissen konnte, dass es gar keinen Pluto gab, machte er sich rasch unsichtbar. Engel wissen nämlich, dass sie von Hunden gebissen werden können, wenn sie sichtbar sind.
Nachdem aber weit und breit kein Hund zu sehen war, nahm Luzi wieder Gestalt an. Zuerst einmal sah er sich im Haus um. Jennis Zimmer im Dach war sehr hübsch, wenn auch etwas chaotisch. Auf dem Boden, dem Fensterbrett und dem Tisch, überall standen Pflanzen. Sogar von der Decke hingen sie in großen und kleinen Töpfen. Man hätte denken können in einem Urwald zu sein. Und an der Wand klebten Fotos vom Vater. Von seinen Expeditionen in Südamerika.
Gerade, als Luzi seinen Rundgang beendet hatte und wieder im Hausflur angekommen war, ging das Licht an und Jenni stürmte herein.

Luzi sagte nichts, deutete nur vorwurfsvoll auf seine Astronauten-Uhr.
Jenni erwiderte seinen Blick mit ihrem schönsten Lächeln. Sie wusste längst, dass Luzi schwach wurde, wenn sie ihn anlächelte.
Dann stieg sie auf einen Stuhl, holte den Papagei vom Schrank, der sich dort versteckt hatte, und nahm ihn auf die Schulter.
»Du hast doch hoffentlich meinen süßen Engel nicht erschreckt?«, fragte sie Konrad.
Luzi warf dem Papagei einen erschreckenden Blick zu.
Konrad versteckte seinen Kopf demonstrativ unter dem Flügel.
»Das tut er nur«, erklärte Jenni, »wenn er vor jemandem Angst hat. Du darfst ihn nicht so bös anschauen. Sag mal was Nettes zu ihm.«
Luzi war überhaupt nicht danach, dem Papagei etwas Nettes zu sagen. Jenni zuliebe bemühte er sich aber doch: »Hallo, Konrad! Wie geht's?«
»Halt bloß die Klappe«, kam als Antwort, »halt bloß die Klappe.«

»Das scheint ja mit euch beiden gar nicht gut zu funktionieren«, sagte Jenni. »Sei mal etwas netter zu Luzi«, forderte sie den Papagei auf.

»Hau bloß ab, hau bloß ab!«, schrie Konrad. Er dachte gar nicht daran, netter zu sein.

»Luzi ist mein Engel«, erklärte Jenni. »Der kann fliegen. Noch viel besser als du.«

Luzi fand den Vergleich empörend, kam aber nicht dazu, etwas zu sagen, denn Konrad schrie unaufhörlich:«Maikäfer flieg, wart, bis ich dich krieg.«

»So, jetzt aber Schluss«, sagte Jenni energisch, »ab mit dir.« Sie nahm Konrad auf den Arm und ging mit ihm nach oben, wo er unter dem Dach wohnte.

»Blöder Typ, blöder Typ!«, rief Konrad noch. Das waren die letzten Worte, die Luzi von ihm hörte. Dann fiel oben eine Tür ins Schloss.

Von diesem Augenblick an wusste Luzi, dass er Konrad nicht mögen würde.

»Dass du schon da bist?«, säuselte Jenni, als sie nach unten kam. »Komm doch rein, was stehst du denn im Flur herum?«

»Weißt du, wie spät es ist?«, fragte er ärgerlich, als sie ins Wohnzimmer gingen.
»Nein«, gestand Jenni und fügte hinzu: »Kann ich auch gar nicht. Scheint ja keine Sonne.«
»Was hat denn die Sonne mit der Zeit zu tun?«, fragte Luzi ärgerlich.
»Oh, viel! Ich richte mich doch nach ihr. Die Eingeborenen im Urwald tun das auch.«
»Was?«
»Nach dem Stand der Sonne leben.«
»Und wenn sie nicht scheint, so wie jetzt?«
»Geh ich nach dem Gefühl. Da kann es natürlich schon mal passieren, dass ich zu spät komme.«
»Und was ist mit Schule an solchen Tagen?«
»Fällt aus. Lieber gar nicht kommen, find ich, als zu spät. Das stört bloß den Unterricht.«
Luzi wollte darüber keine Diskussion mit ihr führen und sagte: »In einer halben Stunde kommt deine Mama heim, du wolltest doch einkaufen und ihr das Kochen abnehmen.«
Er öffnete die Tür zur Küche. »Ich riech noch nichts.«

»Kannst du auch nicht«, sagte Jenni, »wo nichts kocht, kann auch nichts riechen.«
In der Küche machte er den Kühlschrank auf. Er traute seinen Augen nicht.
»Ist das alles?«, fragte er entsetzt, obwohl die Frage angesichts des fast leeren Kühlschranks überflüssig war.
Jenni steckte den Kopf hinein, um zu sehen, ob nicht doch noch was zu finden sei.
»Müh dich gar nicht erst«, sagte Luzi. »Mit dem, was da drin ist, kann man noch nicht einmal belegte Brötchen machen.«
Jenni zuckte die Schultern.
Luzi wurde allmählich ärgerlich. Er konnte Unzuverlässigkeit nicht leiden.
»Und was willst du deiner Mutter sagen . . .?«
»Weiß noch nicht . . .«
»Wo warst du überhaupt . . .?«
»Bei Dani und Anna spielen.«
»So spät noch?«
»Die konnten nicht früher. Die mussten erst noch Hausaufgaben machen.«

»Und du?«

»Was und du?«, fragte Jenni voller Unschuld.

»Musstest du keine Hausaufgaben machen?«

»Hatte keine auf.«

»Ach ja, Fräulein Unschuld hatte keine auf. Du gehst doch mit Anna und Dani in dieselbe Klasse.«

Jenni überlegte einen Moment, dann sagte sie: »Das waren keine richtigen Hausaufgaben, die die machen mussten. Das waren Strafaufgaben.«

Luzi war jetzt richtig sauer. »Ich glaub dir kein Wort«, sagte er.

»Du glaubst mir kein Wort?«, wiederholte sie.

»Genau.«

Jenni sah Luzi mit einem Blick an, von dem sie wusste, dass er ihn weich machen würde. Dann blickte sie zum Himmel hinauf und rief: »Lieber Gott, wie schrecklich, ein Engel, der einem Kind nicht glaubt!«

Luzi war in Sorge, dass Petrus dies alles hören könnte. Deshalb beschwichtigte er sie und sagte: »Also Schluss jetzt damit! Deck den Tisch, aber etwas plötzlich! Ich kümmere mich inzwischen ums Essen.«

Backen macht Spaß

Doch gerade, als Luzi sein Handy herausholen und seine Freundin im Engelsheim um Hilfe bitten wollte, läutete das Telefon.

Jenni raste hin, weil sie dachte, Dani wäre es. Luzi hörte an ihrer Stimme, dass es Dani nicht war. Und Anna auch nicht.

»Ich gebe Ihnen mal meinen Vater«, flötete Jenni dann und gab den Hörer an Luzi weiter: »Mein Klassenlehrer, der Herr Döderlein.«

Luzi blieb gar nichts anderes übrig, als das Gespräch anzunehmen und sich als Jennis Vater auszugeben.

»Guten Tag, Herr Döderlein«, sagte er mit freundlicher Stimme, »das ist aber eine Überraschung . . . Ja, richtig, gerade zurückgekommen von meiner Expedition . . .«

»Aus Südamerika . . .«, flüsterte Jenni.

»Aus Südamerika«, wiederholte Luzi.«

Er hielt die Hand über den Hörer und fragte Jenni: »Wie heißt doch gleich der Fluss . . .?«

»Welcher Fluss . . .?«

»Na, der da mittendurch fließt . . .?«

»Amazonas . . .«

»Genauer gesagt vom Amazonas«, ergänzte Luzi, »von der Mündung bis zur Quelle . . . Ja, und wieder zurück.«
Nach diesem höflichen Wortwechsel zu Beginn des Gesprächs wollte Herr Döderlein weniger über den Amazonas als über Jennis Schulleistungen sprechen. Das Gespräch wurde daraufhin ziemlich einseitig. Luzi sagte nicht mehr viel, dafür sagte Herr Döderlein umso mehr.
»Ja, dann kommen Sie doch vorbei«, meinte Luzi am Schluss, »Jennis Mutter . . . also, meine Frau ist auch hier.«
Damit war das Gespräch beendet.

Luzi sah Jenni eine Weile schweigend an, dann sagte er: »Wie ich höre, vergisst du öfters mal deine Hausaufgaben. Und manchmal die Schule überhaupt . . .«
»Vergessen kann doch jeder mal was«, versuchte sich Jenni herauszureden, »oder hast du noch nie etwas vergessen?!«
»Mir brauchst du nichts zu erklären«, sagte Luzi nur, »heb dir deine Erklärungen für Herrn Döderlein auf, der kommt nämlich gleich.«
Jenni wurde bleich im Gesicht. Sie warf Luzi einen so verzweifelten Blick zu, dass er augenblicklich gerührt war.

»Keine Angst«, sagte er, »ich lass dich schon nicht im Stich.«
Dann verschwand er, während sie weiterdeckte.
Gerade, als sie damit fertig war, hörte sie, wie die Haustüre aufgesperrt wurde.

»Wie schön«, sagte die Mutter, als sie ins Zimmer kam, »du hast schon gedeckt.« Frau Gruber sah genauso aus wie ihre Tochter, nur eben in Groß. Das gleiche Haar, die gleiche schlanke Figur, die gleichen lustigen Augen.
Jenni stürzte ihrer Mutter entgegen, umarmte sie und sagte: »Mama, Mama. Endlich bist du da. Ich hatte ja solche Angst.«
»Wovor hattest du denn Angst?«, fragte die Mutter.
Eine Antwort auf ihre Frage bekam sie nicht, denn gerade in diesem Moment läutete es an der Haustüre.
»Gehst du mal hin?«, sagte die Mutter.
»Ich soll doch nicht allein an die Tür gehen«, antwortete Jenni.
»Auf einmal«, wunderte sich die Mutter und lachte. Dann ging sie selbst aufmachen.

Jenni horchte an der Tür.
Was Luzi angekündigt hatte, sie aber immer noch nicht glauben wollte, war eingetreten. Der Klassenlehrer war gekommen.
»Ja welch eine Überraschung«, hörte Jenni ihre Mutter zu Herrn Döderlein sagen, »kommen Sie doch rein.«
Jenni flitzte in die Küche.
»Sie nehmen meinen Anruf gelassen«, sagte Herr Döderlein, als sie das Wohnzimmer betraten. »Das ist auch das Beste in dieser Situation. Resignation jedenfalls hat keinen Sinn.«
Der Döderlein wird auch alt, dachte Jennis Mutter, spricht von einem Anruf, als ob er mich angerufen hätte.
Herr Döderlein war noch gar nicht alt, aber meist wirkte er so, denn er war total altmodisch angezogen. Als Lehrer war er gutmütig und eher nachsichtig, mit wilden Kindern allerdings hatte er Schwierigkeiten. Jenni war ein solches Kind.
»Guten Abend, Herr Döderlein«, sagte Jenni, die ihren Kopf zur Tür hereinsteckte.
»Hallo, Jenni«, sagte er und meinte zu Frau Gruber: »Bei Ihnen duftet es ja köstlich.«

Jennis Mutter nickte nur freundlich. Sie konnte sich die plötzlichen Düfte auch nicht erklären. Gerade hatte sie noch nichts gerochen.

»Tut mir sehr Leid«, sagte Herr Döderlein, »dass ich Sie mit meinem Besuch so überfalle. Ich hätte daran denken sollen, dass Essenszeit ist. Aber ein alter Junggeselle wie ich . . .«

»Aber das macht doch nichts«, unterbrach ihn die Mutter, »essen Sie doch bei uns mit.«

Herr Döderlein zierte sich ein wenig, nahm dann aber dankbar an. Jenni wurde beauftragt, auch für Herrn Döderlein Teller und Besteck zu bringen.

Nachdem Jenni ein drittes Gedeck gebracht hatte, fragte Herr Döderlein vorsichtig: »Ihr Mann isst wohl nicht mit?«

Jennis Mama lachte: »Nein.«

»Verstehe«, sagte Herr Döderlein. Er hatte Verständnis dafür, dass der Vater nach einer anstrengenden Expedition nicht gleich mit Jennis Schulleistungen konfrontiert werden wollte.

Und Jennis Mutter dachte: Der Döderlein wird wirklich alt. Wie kann denn jemand mitessen, der im Urwald ist?

Dann begannen sie zu essen. Es war ein ganz köstliches Abendessen. Luzis Freundin hatte es im Engelsheim gekocht und ein Engelsbote hatte es gebracht.
Immer dann, wenn Herr Döderlein anfangen wollte über Jennis Schulleistungen zu sprechen, kam Jenni mit einer neuen Köstlichkeit herein. Und jedes Mal schenkte sie Herrn Döderlein von dem mitgelieferten Rotwein nach. Sie hatte rasch herausgefunden, dass ihr Klassenlehrer gerne ein Schlückchen trank, aber nicht viel vertrug. So hatte er auch bald einen roten Kopf und wurde ganz heiter.
»Da hast du dich ja mächtig angestrengt«, lobte die Mutter, als Jenni schließlich den Nachtisch brachte.
»Ich wusste gar nicht, dass Ihre Tochter so gut kochen kann«, sagte Herr Döderlein.
Ich auch nicht, hätte Frau Gruber fast gesagt, sie meinte nur: »Wenigstens das kann sie. Irgendwas muss das Kind ja können.«
Das Herz des Lehrers in Herrn Döderlein rührte sich augenblicklich.
»Wie können Sie nur so etwas sagen?«, empörte er sich.

»Dieses Kind kocht wie ein Sterne-Koch und die eigene Mutter sagt: ›Irgendwas muss sie ja können.‹«

Dann wurde er wieder versöhnlich und meinte: »Also machen Sie sich mal keine Sorgen um Jenni. Sollte es in der Schule wirklich nicht klappen, kann Jenni ja Köchin werden und ein schönes Lokal aufmachen. Damit wird sie ganz berühmt, davon bin ich überzeugt.«

Jenni, die von außen an der Tür gelauscht hatte, steckte den Kopf herein: »Noch einen Kaffee?«, flötete sie.

»Ja, gute Idee«, antwortete die Mutter und fragte Herrn Döderlein, als Jenni mit dem Kaffee kam: »Noch einen Cognac?«

Der Klassenlehrer winkte ab: »Nein, vielen Dank! Ich muss jetzt wirklich gehen. Ich danke Ihnen sehr«, sagte er, »seit Jahren habe ich nicht mehr so vorzüglich gegessen.«

Als Herr Döderlein sich im Flur von Frau Gruber verabschiedete, kam Jenni aus der Küche, um artig Auf Wiedersehen zu sagen.

Der Klassenlehrer fuhr Jenni freundlich durchs Haar und sagte zu ihrer Mutter: »Machen Sie sich um die mal keine Sorge, die geht schon ihren Weg.«

Dann verabschiedete er sich.
Draußen am Gartentor drehte er sich noch einmal um, winkte und rief : »Das Tiramisu war einsame Spitzenklasse!«

Jennis Mutter sah ihm lange verwundert nach.
Kopfschüttelnd ging sie ins Zimmer zurück. Erschöpft von dem guten Essen und dem Wein, ließ sie sich auf das Sofa fallen. Dann wurde sie müde.
Doch bevor sie einschlief, stellte sie sich noch die Frage: Warum war Herr Döderlein eigentlich gekommen?

Eine tierische Demo

Wie jeden Tag wartete Luzi an der Ecke des Rathauses auf Jenni, um sie zur Schule zu begleiten. Sehr zu ihrem Ärger hatte er dies eingeführt, damit sie die Schule nicht mehr vergessen konnte.

Jenni kam ohne Schulsachen, aber mit Papagei auf der Schulter.

»Was willst du denn mit Konrad?«, fragte Luzi.

Als Konrad Luzi sah, versteckte er seinen Kopf unter dem Flügel.

Das nervte Luzi total.

»Ihn in die Schule mitnehmen«, sagte Jenni mit so einem

Stimmchen, wie die Mädchen es haben, wenn sie auf harmlos tun.
»Setzt es bei dir aus?«, fragte Luzi.
»Ich bin heute nicht gut drauf«, sagte sie.
»Nicht gut drauf, nicht gut drauf«, wiederholte Konrad.
Luzi war richtig sauer. »Das ist noch lange kein Grund, ohne Schulsachen zu kommen und auch noch Konrad mitzunehmen.«
»Sei froh, dass ich überhaupt in die Schule gehe«, murmelte sie.

Schweigend gingen sie weiter.
»Und?«, sagte Luzi nach einer Weile, »krieg ich vielleicht ’ne Erklärung?«
»Was für ’ne Erklärung?«
»Warum Konrad dabei ist?«
»Morgenstund hat Gold im Mund«, krächzte der Papagei.
»Klappe«, sagte Luzi.
»Klappe«, gab Konrad zurück.
»Also?«, fragte Luzi noch einmal.
»Sagte ich doch schon. Bin schlecht drauf. Und wenn man

nicht gut drauf ist, darf man sein Lieblingstier mit in die Schule bringen.«

»Wer sagt denn so 'nen Quatsch?«, wollte Luzi wissen.

»Unser Rektor. Hab's selbst gelesen. Auf dem Zettel am Schwarzen Brett stand's.«

»Auf was für 'nem Zettel?«

»Na dem Aushang.«

»Und der soll vom Rektor sein? Das glaubst du doch selbst nicht.«

»Glaub's oder glaub's nicht!«, sagte Jenni. »Jedenfalls stand J. G. darunter.«

»J. G.?«

»Johannes Grimmig, so heißt er.«

Luzi wunderte sich zwar, ein Verdacht kam ihm aber noch nicht.

»Und außerdem«, fügte sie hinzu, »ist Welt-Tierschutz-tag.«

»Heute ist Welt-Tierschutz-Tag?«, fragte Luzi erstaunt.

»Heute oder irgendwann demnächst. Woher soll ich das wissen?«

An der nächsten Ecke trafen sie auf Anna und Dani. Anna mit einem Kaninchen und Dani mit einer Schildkröte.

»Vermute mal«, sagte Luzi zu den beiden, »ihr seid heute auch nicht gut drauf.«

»Erraten«, sagte Dani.

»Was bist du doch für ein schlaues Engelchen«, sagte Anna.

Luzi wurde aufgefordert, Heidi und Wotan zu streicheln. Heidi war das Kaninchen und Wotan die Schildkröte.

Luzi versuchte herauszufinden, was das Ganze sollte. Doch auch die beiden sprachen von dem Aushang am schwarzen Brett. Und immer wieder davon, wie toll sie das mit den Tieren fänden. Und dass sie das Herrn Grimmig nie zugetraut hätten.

»Dann können wir nur hoffen«, sagte Luzi, »dass nicht noch mehr Kinder heute schlecht drauf sind.«

Doch diese Hoffnung zerplatzte schon kurz darauf wie eine Seifenblase. Denn als sie in die Straße einbogen, die zur Schule führte, war klar, dass alle Kinder heute nicht gut drauf waren. Kein Kind, das nicht ein Tier dabeigehabt hätte.

Luzi ahnte, was sie im Schulhof erwarten würde.
Aber es kam noch schlimmer, als er befürchtet hatte. Es wimmelte dort nur so von Hunden, Katzen, Fröschen und Meerschweinchen. Ein Mädchen war sogar auf ihrem Pferd gekommen. Konrad schrie sofort: »Schule ist doof, Schule ist doof.« Und einer aus der Ersten hatte zwei Dalmatiner-Welpen dabei. Er behauptete, besonders schlecht drauf zu sein.
Luzi eilte in die Eingangshalle, um sich selbst von dem Aushang zu überzeugen. Am schwarzen Brett stieß er auf Hausmeister Pfannenstiel, der kopfschüttelnd die Bekanntmachung las. Es war so, wie Jenni gesagt hatte: Unter dem Text standen die Buchstaben J. G.
»Ich weiß von nichts«, sagte Pfanne zu einem Lehrer, der hinzukam, und entfernte den Zettel, »aber eigentlich sollte ich davon wissen.« Dann murmelte er etwas von Polizei und so und ging.
Plötzlich fiel es Luzi wie Schuppen von den Augen. J. G. stand nicht für Johannes Grimmig, sondern für Jennifer Gruber.

Luzi raste wütend zu Jenni und ihren Freunden.
»Was hast du dir denn dabei gedacht?«, fauchte er Jenni an.
»Dass wir schulfrei kriegen«, antwortete Jenni. »Mit all den Tieren kann man schließlich keinen Unterricht machen.«
»Da hast du allerdings Recht«, sagte Luzi trocken und fügte hinzu: »Wenn das rauskommt, kannst du von der Schule fliegen, ist dir das klar?«
»Na und?«, antwortete sie trotzig und setzte ihren berühmten Ich-werd-es-euch-schon-noch-zeigen-Blick auf.

Als ihr Engel wusste er natürlich, dass sie das nicht so meinte.

Anna und Dani lachten.

Doch als plötzlich die Sirenen der Polizei zu hören waren, Bremsen quietschten, zwei Funkstreifenwagen den Eingang zum Schulhof blockierten und Polizisten einsatzbereit heraussprangen, verging den Kindern das Lachen. Und als Rektor Grimmig mit Hausmeister Pfannenstiel heftig schimpfend vor die Schule trat und die Polizisten zu sich winkte, wusste Luzi, dass sofort etwas geschehen musste, damit Nachforschungen gar nicht erst angestellt würden.

Luzi ließ Nebel in den Schulhof einfallen. Die Sonne verfinsterte sich und man sah die Hand vor den Augen nicht mehr. Die Finsternis dauerte nicht lange, und als sie verflogen und die Sonne wieder zu sehen war, stand Luzi auf der Schulhof-Mauer. In einem grauen Mantel, wie ihn Hirten anhaben, und mit einem blökenden Schaf im Arm. Dann wurde es ganz still, so still es eben mit Kindern und Tieren und einem blökenden Schaf werden kann.

Als Luzi zu reden anfing, steckten immer mehr Lehrer neugierig ihre Köpfe aus den Fenstern.

»Liebe Kinder«, rief Luzi, »toll, dass ihr alle mit euren Tieren gekommen seid. Schön, liebe Lehrerinnen und Lehrer, dass auch ihr so eindrucksvoll eure Verbundenheit mit unseren kleinen Lieblingen zeigt. Ich danke euch allen, die ihr am heutigen Welt-Tierschutztag ein so schönes Zeichen der Liebe zu unseren Tieren setzt.«

Jenni, Anna und Dani mischten sich unter die Kinder und forderten sie auf zu klatschen und Bravo zu rufen. Die Kinder taten dies mit derartiger Begeisterung, dass den Lehrern gar nichts anderes übrig blieb, als zurückzuklatschen.

»Auch euch, unseren tapferen Polizisten, danke ich, dass Ihr uns an diesem wichtigen Tag zur Verfügung steht.«

Die Polizisten wussten zwar nicht, wofür sie zur Verfügung stehen sollten, lächelten aber schon mal freundlich. Sie fanden allmählich auch den Mut, die Tiere, die ihnen hingehalten wurden, zu streicheln.

»Aber bevor wir uns zu unserem großen Demo-Marsch durch die Stadt aufmachen«, rief Luzi in die Menge und hielt dabei ein großes Blatt in die Luft, »bitte ich alle, sich bei mir in diese Liste einzutragen, als neue Mitglieder unseres Tierschutzvereins.«

Tosender Beifall der Kinder beendete Luzis Rede. Aber auch viele Lehrer klatschten. Und die tapferen Polizisten klatschten, wenn sie nicht gerade Tiere in den Händen hielten.

Jenni und Anna aber rasten in die Halle und kamen kurz darauf mit einem Tisch zurück, den sie mitten im Hof aufstellten. Als alle Kinder auf einmal herandrängten, um sich bei Luzi einzutragen, sorgten Jenni und Anna erst einmal für Ordnung. Sie gingen dabei nicht zimperlich vor. Wer nicht parierte, kriegte eine ab. Aber als die Kinder eine Schlange gebildet hatten, ging alles reibungslos.

Anschließend bildete sich unter Leitung der Polizei der angekündigte Demo-Zug. Ein Streifenwagen an der Spitze, einer am Schluss. Natürlich mit Blaulicht, darauf hatte Luzi bestanden. Fröhlich winkend, verließen die Kinder mit ihren Tieren den Schulhof, um durch die Stadt zu ziehen. Allen voraus Jenni mit Konrad auf der Schulter und Luzis blökendem Schaf an der Leine. Anna und Dani mit Heidi und Wotan im Arm dahinter.

Nachdem die Kinder fort waren, kamen auch noch ein paar Lehrer an Luzis Tisch, um sich einzutragen.
Einer nickte anerkennend und sagte: »Sehr verdienstvoll.« Dann unterschrieb er.
Eine ältere Lehrerin lächelte Luzi aufmunternd zu: »Weiter so!«
Der letzte Lehrer aber, der sich eintrug, meinte: »Ich wusste gar nicht, dass heute Welt-Tierschutztag ist.«
Luzi sah ihn freundlich an, lächelte und sagte: »Auch Lehrer wissen nicht alles.«

Versetzung in Gefahr

Jenni saß mit Anna in ihrem Baumhaus.

Das Baumhaus war wunderschön. Ihr Vater hatte es ihr gebaut, genauso eines, wie es die Eingeborenen im tropischen Regenwald haben. Nur Anna und Dani kannten es, sonst wusste niemand davon.

»Wir müssen Luzi informieren«, war das Einzige, was Anna einfiel, »wo steckt der denn wieder?«

»Keine Ahnung«, antwortete Jenni, »wahrscheinlich treibt er sich in der Küche seiner Freundin rum, dieser Italienerin.«

»Eifersüchtig?«, stichelte Anna.

»*Du* musst gerade reden«, erwiderte Jenni. »Schick ihm 'ne SMS.«

»Warum ich?«

»Darum.«

»Gleich?«, fragte Anna.

»Nein, übermorgen.« Jenni rollte mit den Augen.

Anna holte ihr Handy aus dem Rucksack und schickte Luzi eine SMS.

Diese erreichte Luzi im ungeeignetsten Moment. Er war tatsächlich in der Küche seiner italienischen Freundin. Sein elektronisches Geruchs-Anzeigegerät hatte ihm nämlich signalisiert, dass sie beim Kochen war. Klar, dass er ihr dabei helfen musste.

»Mist aber auch«, fluchte Luzi, als sein Handy piepste. Er fluchte ganz leise, weil Petrus sehr empfindliche Ohren dafür hatte und er keinen Ärger mit ihm wollte. Dann machte er sich auf den Weg. Wer weiß, dachte er, was jetzt wieder los ist. Bei Jenni ist ja ständig was los. Voller Wehmut dachte er an die ruhigen Zeiten mit dem braven Jungen zurück.

Plötzlich bewegten sich die Zweige im Baum und das Baumhaus begann zu schwanken. Und noch ehe sich Jenni und Anna darüber wundern konnten, war Luzi neben ihnen gelandet.

»Hast du mich jetzt erschreckt«, sagte Jenni vorwurfsvoll, »wo warst du denn schon wieder?«

Luzi begann sich zu winden und zu stottern.

»Das genügt«, sagte Jenni und meinte zu Anna: »Wie ich gesagt habe, bei dieser Italienerin.«

Luzi wollte das Thema wechseln und von Anna wissen, warum sie ihm eine SMS geschickt habe.

Anna mit Blick auf Jenni sagte: »Es geht um ihren Schatz.«

»Du sollst nicht immer Schatz sagen«, zischte Jenni Anna an.

»Ist er nun dein Schatz oder nicht?«, zischte Anna zurück.

»Was weißt denn du?«, erwiderte Jenni. Was Besseres fiel ihr gerade nicht ein.

»Kann mir vielleicht einer von euch mal erklären«, fragte Luzi, »worum es eigentlich geht?«

»Um Danis Versetzung«, sagte Anna.

»Was ist mit seiner Versetzung?«

»Die ist gefährdet.«
»Und wieso?«, wollte Luzi wissen.
»Dani«, erzählte Jenni, »ist nur noch am Üben. Den ganzen Tag sitzt er am Klavier. Und wenn er Auftritte hat, übt er noch mehr. Seine Klavierlehrerin ist superstreng. Wo soll er da noch Zeit haben für Hausaufgaben?«
Und Anna erklärte: »Wir müssen noch drei Hausarbeiten abgeben. Die muss er gut machen . . .«
»Supergut«, ergänzte Jenni. »Wenn er das nicht schafft, bleibt er kleben. Und wir wären nicht mehr in derselben Klasse.« Ihr Gesicht wurde traurig und sie sagte trotzig: »Dann fall ich eben auch durch!«
Luzi sagte: »Super!«
Anna sagte: »Ja, ja, die Liebe«, und verdrehte spöttisch die Augen.
Luzi dachte nach.
Dann sagte Jenni zu Luzi: »Weißt du nicht, wie wir Dani helfen können? Dir fällt doch sonst immer was ein.«
»Wie viel Zeit habe ich?«, fragte er.
»Bis morgen«, sagte Anna.
Luzi setzte ein nachdenkliches Gesicht auf. Dann sagte er:

»Vielleicht hab ich da was für ihn. Muss aber erst mal Erkundigungen einziehen und meine Beziehungen spielen lassen. Kommt morgen am späten Nachmittag zu Osmodeus in den Keller. Dani soll das Heft mit seiner Hausarbeit mitbringen.«

Am nächsten Tag waren die Mädchen pünktlich im Handwerkskeller der Schule zur Stelle.

»Luzi kommt gleich«, verkündete Osmodeus, »er hat mich gerade auf dem Handy angerufen.«

Dann kam Dani. Er summte was vor sich hin und wirkte ein wenig verwirrt.

»Du bist ja wieder mal völlig durch den Wind«, sagte Jenni und entriss ihm das Heft. Sie überflog seine Hausarbeit und reichte sie Anna weiter.

Anna sah kurz hinein und gab Jenni das Heft zurück. »Stell dich schon mal auf Trennung ein«, sagte sie zu ihr.

In diesem Moment kam Luzi. Er schleppte einen riesigen Karton an, seine Augen strahlten.

Er öffnete den Karton, holte ein metallfarbenes Gerät heraus und stellte es auf den Tisch. Das Gerät hatte viele

Schalter und Knöpfe, Zeiger und Lampen. Es sah spitzenmäßig aus.
Mit geheimnisvollem Blick schaltete Luzi das Gerät ein.
Es blinkten Lämpchen auf und man hörte ein feines Summen.
»Was ihr hier seht«, sagte Luzi, »ist ein Hakomat, eine absolute Weltneuheit.«
»Was zum Teufel ist ein Hakomat?«, wollte Jenni wissen.
»Ein Hausaufgaben-Korrigierautomat«, gab er zur Antwort.
Alle sahen sich fragend an.
»Bisher«, fuhr Luzi fort, »gibt es überhaupt nur ein Gerät auf der Welt.« Er machte eine kunstvolle Pause und wies mit einer eleganten Handbewegung auf den metallfarbenen Kasten auf dem Tisch: »Dieses hier.«
Erneut wurden ungläubige Blicke ausgetauscht, doch niemand wagte etwas zu sagen.
»Mit diesem Automaten«, erläuterte Luzi, »ist es erstmals möglich, aus einer Hausarbeit sämtliche Fehler zu entfernen.«
»Glaub ich nicht«, sagte Anna spontan.
»Nie«, stimmte ihr Jenni zu.

Sie sah Dani aufmunternd an: »Was meinst du?«

Dani hatte keine Meinung dazu. In Gedanken war er schon wieder bei dem Konzert, das er demnächst geben sollte.

»Mit diesem Apparat«, fuhr Luzi unbeirrt fort, »können sowohl Rechenaufgaben als auch Texte verarbeitet werden. Wie Ihr seht, hat das Gerät zwei schmale Öffnungen. Eine oben, eine unten. Über den oberen Schlitz wird das Heft eingegeben. Über den unteren kommt es korrigiert wieder heraus.«

»Vormachen«, forderte Anna.

Luzi lächelte.

»Dein Heft«, sagte er freundlich zu Dani.

Dani wollte es nicht hergeben, weil er Angst hatte, es könnte unten nicht wieder rauskommen.

»Um das, was da drinsteht«, sagte Anna und deutete auf sein Heft, »brauchst du dir keine Sorgen zu machen. Das spuckt der Apparat unverdaut aus.«

»Sei doch nicht so hässlich zu ihm«, empörte sich Jenni, »dafür ist er ein Wunderkind.«

»Schluss jetzt!«, schimpfte Luzi.

Dani gab Jenni das Heft: »Tu du es.«

»Okay«, sagte sie, »ich tu's.«

Aber ganz wohl war auch ihr nicht dabei.

Kaum war das Heft im Apparat verschwunden, als die Geräusche lauter wurden. Beängstigend laut.

»Alles okay«, beruhigte Luzi und erklärte, »der Hakomat arbeitet jetzt.«

»Hätten wir gar nicht gedacht«, sagte Anna spöttisch.

Schweigen und warten. Das Warten wurde unerträglich.

Dani raste plötzlich aus dem Raum, er musste dringend wohin.

Aber dann war er da, der große Augenblick.

Langsam kam das Heft unten aus dem Apparat heraus. Entsetzlich langsam.

Aller Augen waren auf Danis Heft gerichtet.

Mathe
Englisch
Latein
Franz.
Deutsch
Gesch.
Sach
Kunst
Reli
Klasse
1
2
3
4
5
6
7
8
9
10
11
12
extrem

Jenni war die Erste, die es nahm und hineinsah. Sie las und las und schüttelte den Kopf.
»Nun zeig schon!«, sagte Anna und riss ihr das Heft aus der Hand. Sie überflog es und stellte fest: »Fehlerfrei.«
Luzis Strahlen lässt sich nicht beschreiben.
In diesem Moment kam Dani zurück.
»Diesmal bist du so gut wie Anna«, rief ihm Jenni freudig entgegen.
Zu Anna sagte sie scherzend: »Wenn Dani so weitermacht, wirst du nicht mehr lange Klassenbeste sein.«
»Vielleicht sollte ich dann Klavierunterricht nehmen«, antwortete Anna.
Beide lachten.
Dann gingen alle auseinander. Dani wusste gar nicht, wie ihm geschehen war.

Als Jenni zu Hause ankam, fielen ihr plötzlich die eigenen Hausaufgaben ein. Die hatte sie ziemlich schlampig gemacht, weil sie mit Konrad beim Arzt war. Sofort nahm sie ihr Handy zur Hand, um Luzi um Rat zu fragen. Leider war er wieder einmal nicht zu erreichen.

Mist, dachte sie. Da entschloss sie sich den Wunder-Apparat selbst auszuprobieren.
Sie holte ihr Heft, lief zur Schule und schlich in den Keller zurück. Der Hakomat stand noch da. Es gelang ihr auch, den Apparat in Betrieb zu setzen. Doch statt die Hausarbeit zu korrigieren, verarbeitete er ihr Heft zu feinen Papierschnipseln. So wie es die Aktenvernichtungs-Maschinen in den Büros tun.
»Misttechnik«, schimpfte sie und schob die Schnipsel ein.

Als Herr Döderlein am nächsten Tag die Hausaufgaben seiner Klasse durchsah, wurde Dani für seine fehlerfreie Arbeit von ihm besonders gelobt.
Jenni aber stand als Einzige ohne Hausaufgabe da. Sie entschuldigte sich damit, dass der Hakomat bei ihrem Heft eine technische Panne hatte.
Die Kinder begannen zu kichern.
»Wovon sprichst du eigentlich?«, fragte Herr Döderlein.
»Vom Hakomat«, antwortete Jenni.
»Und was ist das, dieser Hakomat?«

»Ein Hausaufgaben-Korrigierautomat«, erklärte sie freundlich.
Die Klasse brüllte vor Lachen.
Herr Döderlein wusste nicht so recht, was er von Jennis Antwort zu halten hatte, und wollte die Sache von der heiteren Seite nehmen.
Doch als Jenni die Papierschnipsel aus der Tasche holte und zum Beweis vorzeigte, musste etwas geschehen.
Glücklicherweise läutete es in diesem Moment zur Pause.
Lachend über Jennis lustigen Einfall mit dem Hausaufgaben-Korrigierautomaten stürmten die Kinder hinaus.

Nachdem alle aus dem Zimmer waren, nahm sich Herr Döderlein Jenni vor. Mit ernsten Worten machte er ihr klar, dass ihre Versetzung gefährdet sei. Da er aber immer noch von ihrem Kochtalent beeindruckt war, wollte er Nachsicht vor Strenge walten lassen.
»Irgendwann in den nächsten Tagen«, sagte er zu ihr, »kommt unser Rektor zu uns. Und jemand von der Schulbehörde mit ihm. Die Herren wollen sich über den Leistungsstand der Klasse informieren, vor allem über die schwäche-

ren Schüler. Ich gebe dir da noch einmal Gelegenheit, das von heute wieder gutzumachen. Stell dich darauf ein, dass ich dich an der Tafel vorrechnen lasse. Großes Einmaleins.« Dann packte er seine Sachen zusammen und verließ das Klassenzimmer. In der Tür drehte er sich noch einmal um und sagte: »Aber dein Tiramisu war einsame Spitze.«

Rettung in letzter Minute

Einige Tage nach diesem Ereignis ließ Herr Döderlein Jenni zu sich kommen und teilte ihr mit, dass sich Rektor und Schulrat für den nächsten Tag angesagt hätten.
Das hatte Jenni so kurz vor ihrem Geburtstag gerade noch gefehlt. Wo doch ihr Papa endlich kam und sie noch so viel zu seiner Begrüßung vorzubereiten hatte. Ziemlich ratlos ging sie nach Hause. Das Beste wäre es, dachte sie, krank zu werden. Und je länger sie darüber nachdachte, umso kränker fühlte sie sich.
Als sie zu Hause ankam, saßen Anna, Dani und Luzi bereits vor der Tür.
»Was hat der Döderlein denn gewollt?«, fragte Anna neu-

gierig. Sie hatte mitbekommen, dass der Klassenlehrer Jenni zu sich gerufen hatte.
Ohne Anna zu antworten, ging Jenni mit ihren Schulsachen und einem ziemlich grimmigen Gesicht ins Haus. Nach einer Weile kam sie mit Eis für jeden wieder heraus. Ihr Gesicht war jetzt wesentlich weniger grimmig. Luzi wusste sofort, dass Jenni eine Idee gekommen war und sie etwas ausheckte.
»Was Schlimmes?«, fragte Dani besorgt.
»Nun sag schon«, drängte Anna.
»Morgen kommt der Schulrat in die Klasse«, antwortete Jenni.
»Ja und?«, fragte Anna.
»Ja und?«, fragte auch Dani und schleckte weiter an seinem Eis.
»Und einen Gastschüler haben wir auch«, ergänzte Jenni.
»Was für'n Gastschüler?«, fragte Anna.
»Na den ich mitbringe.« Und zu Luzi gewandt, fügte sie hinzu: »Nicht wahr, du machst mir keine Schande?«
Luzi, der gar nicht wusste, wovon sie sprach, sagte: »Wieso sollte ich dir Schande machen?«

Jenni lachte: »Mein ahnungsloser kleiner Engel, weil du der Gastschüler bist.«
Anna und Dani lachten sich über Jennis verrückten Einfall kaputt.
»Kommt überhaupt nicht in Frage«, wehrte sich Luzi.
»Ich hab's dem Döderlein aber schon angekündigt«, sagte Jenni, »gerade am Telefon.«
»Was?«, fragte Luzi.
»Dass ein italienischer Junge zu Besuch bei uns ist, seine Eltern hierher ziehen werden und er schon mal die Schule sehen will.«
»Und warum wollen sie hierher ziehen?«, fragte Anna und fing wieder an zu lachen.
»Um eine Pizzeria aufzumachen.«
Anna und Dani kriegten sich vor Lachen gar nicht mehr ein.
»Dein Vater ist Pizzabäcker in Neapel«, sagten sie zu Luzi. »Vergiss das nicht, wenn du morgen danach gefragt wirst.«
Luzi war richtig sauer. »Also nicht mit mir«, sagte er und ging wütend ins Haus.

Kaum war er drinnen, als auch schon der Papagei zu hören war.
»Hau bloß ab, hau bloß ab!«, schrie Konrad. »Blöder Typ, blöder Typ.«
Luzi kam noch wütender heraus, als er hineingegangen war.
Jenni sah ihn mit ihrem süßesten Lächeln an: »Ich hab dem Döderlein auch gesagt, dass du sehr nett bist. Jetzt musst du kommen.«
»Ja, das musst du«, stimmte ihr Dani zu.
Nur für einen Tag«, bettelte Anna, »das gibt 'nen Megaspaß.«
»Dann kannst du wenigstens mal sehen«, fügte Jenni mit ernstem Gesicht hinzu, »was uns in der Schule alles zugemutet wird. Als Schutzengel musst du das wissen. Vielleicht ist das alles gar nicht zulässig . . .«
»Was nicht zulässig . . .?«, fragte Luzi gereizt.
»Was uns die Lehrer in der Schule zumuten.«
»Genau«, stimmten Anna und Dani zu.
»Klar ist das erlaubt. Ist eh so wenig, was ihr lernen müsst.«

»Ha, ha, ha!«, erwiderten sie im Chor.

»Scherzengel«, sagte Jenni.

Luzi grollte noch ein bisschen, dann fragte er: »Und was habt ihr morgen?«

»Was haben wir doch gleich morgen?«, fragte Jenni.

»In der Stunde, wo der Schulrat kommt, Mathe«, antwortete Dani.

Jenni lächelte Luzi an: »Rechnen kannst du doch, oder?«

Luzi ließ Jenni noch ein bisschen schmoren, dann sagte er: »Also gut, aber nur für einen Tag.«

Luzi bekam von Jenni einen dicken Kuss.

Anna und Dani aber liefen nach Hause, denn es war spät geworden.

Anna drehte sich noch einmal um und rief Luzi zu: »Und vergiss nicht, dein Papa ist Pizzabäcker.«

Lachend liefen sie weiter.

Als Jenni mit Luzi das Haus betrat, krächzte Konrad: »Pizzaengel, Pizzaengel.«

Da reichte es Luzi endgültig.

Als Luzi am nächsten Tag mit Jenni in die Schule ging, war sie sehr schweigsam. Sie wirkte bedrückt.

»Was ist denn los?«, fragte Luzi. »Gefällt dir dein toller Einfall mit dem Gastschüler plötzlich nicht mehr?«

»Das sollte doch kein Spaß sein . . .«

»Sondern . . .?«

»Eine Ablenkung.«

»Versteh ich nicht«, sagte Luzi.

Jenni erzählte ihm dann, dass der Klassenlehrer sie an der Tafel vorrechnen lassen wolle. Großes Einmaleins. Und dass sie hoffe, er würde es vergessen, wenn der Neue dabei wäre . . .

»Und wie steht's mit dem großen Einmaleins?«, fragte Luzi.

»Das Zehner kann ich.«

Das war nicht viel, aber ehrlich. Luzi überlegte, wie er Jenni helfen konnte. Es fiel ihm auch sogleich etwas ein. Aber zuvor wollte er sie noch ärgern.

»Wenn es mit dem großen Einmaleins nicht klappt«, sagte er, »wirst du eben Köchin. Du hast ja Talent, das sagt der Döderlein auch.« Dann nahm er ihre Hand und fügte hinzu: »Schau sie dir an, deine zarten Finger. Die sind doch wie geschaffen, um Kartoffeln und Zwiebeln in feine Scheiben zu schneiden.«

Jenni entriss ihm wütend ihre Hand. »Ich hasse dich!«

»Ich weiß«, sagte Luzi und lachte.

Kurz bevor sie in den Schulhof einbogen, sagte sie: »Also bist du nun mein Schutzengel oder nicht?«

»Dein Schutzengel?«, lachte Luzi, »wovon sprichst du eigentlich? Ich bin der Gastschüler aus Neapel. Mein Vater ist Pizzabäcker.«

»Oh, wie ich dich hasse!«, schrie sie und lief wütend voraus.

Es war die dritte Stunde, in der Rektor Grimmig und der Schulrat die Klasse von Herrn Döderlein besuchten.

Die Kinder sprangen wie auf ein geheimes Zeichen auf und riefen: »Guten Morgen, Herr Schulrat.«

Herr Döderlein strahlte.

»Guten Morgen, Kinder«, sagte der Schulrat.

Als die Kinder wieder saßen, entdeckte Herr Grimmig zwischen Jenni und Anna ein neues Gesicht.

»Ah, unser Gastschüler«, sagte Herr Döderlein und flüsterte den beiden Herren etwas zu.

Luzi stand auf und sagte artig: »Buon Giorno, sono Lucifero Angelo.«
»Ein italienisches Kind«, erklärte Herr Döderlein dem Schulrat, »die Eltern wollen hier eine Pizzeria aufmachen.«
Die Kinder klatschten: »Pizzeria, geil!«
»Pizza ist besser als Hamburger«, rief einer. »Genau!«, stimmten viele zu.
Luzi empfing von allen Seiten begeisterte Blicke.
»Buon Giorno«, antwortete der Schulrat freundlich, »sprichst du denn auch Deutsch?«
Luzi sagte: »Guten Morgen, ich heiße Luzifer Engel. Ich komme aus Neapel. Ich bin in einem Stall geboren. Den Stall aber gibt es nicht mehr, weil der Vesuv Lava gespuckt hat.«
Zuerst kicherten nur Jenni und Anna. Dann kicherten alle.
»Gott, welch ein Schicksal!«, sagte der Schulrat leise zum Rektor.
Und der Klassenlehrer fügte hinzu: »Das Kind stammt offenbar aus ärmlichen Verhältnissen. Da kann man schulisch nicht viel erwarten.«
Die Herren sahen Luzi mitleidig an.

»Du sprichst aber sehr gut deutsch«, lobte der Schulrat und ging auf den Gastschüler zu.
»Lateinisch spreche ich noch besser«, sagte Luzi cool.
»Lateinisch?«, wiederholte der Schulrat erstaunt.
Er konnte ja nicht wissen, dass Luzi ein Engel war und dass Latein die Muttersprache der Engel ist.
Luzi gab eine längere Kostprobe seiner lateinischen Sprachkenntnisse.
Herr Döderlein und der Rektor kamen aus dem Staunen gar nicht mehr heraus. Und der Schulrat rollte verzückt mit den Augen, denn Latein war seine Lieblingssprache.
»Ganz offensichtlich eine außergewöhnliche Sprachbegabung«, meinte er, als er sich wieder zu den beiden gesellte.

Dann konnte der Unterricht beginnen.
»Wir haben in dieser Stunde Mathematik«, erklärte der Klassenlehrer dem Schulrat, »großes Einmaleins.«
Der Schulrat ging durch die Reihen und sah sich das eine und andere Heft an. Danach nickte er wohlwollend.
Herr Döderlein ließ einige Kinder aufstehen und vorrechnen.
Sie sollten zeigen, wie weit sie im Kopfrechnen schon waren.

9 · 12 = 108, 1
112 · 825 =
587 400
2580 · 4635 =
119

Der Schulrat lobte den Klassenlehrer: »Ganz ausgezeichnet, Herr Kollege. Die Kinder sind viel weiter, als ich dachte.«
Herr Döderlein fühlte sich sehr geehrt.
Jenni war erleichtert, dass Herr Döderlein sie nicht aufgerufen hatte. Doch sie freute sich zu früh.
»Willst du einmal an die Tafel kommen?«, sagte plötzlich der Klassenlehrer mit milder Stimme zu ihr. Während Jenni nach vorne schlich, klärte Herr Döderlein die beiden Herren über Jenni auf. »Schulisch ein absolutes Sorgenkind«, sagte er. »Aber kochen kann sie, einfach unvorstellbar. Ich habe der Mutter schon geraten, sie in eine gute Kochschule zu geben.«
»Interessant, interessant«, sagte der Schulrat.
Als Jenni an der Tafel war, herrschte angespannte Stille.
Herr Döderlein schrieb bewusst etwas Leichtes hin:

9 x 12 =   .

Jenni nahm die Kreide und schrieb 108,1 dahinter.
Als ihr Herr Döderlein einen erstaunten Blick zuwarf, wischte sie die eins hinter dem Komma wieder weg. Sie entschuldigte sich damit, bei den leichten Aufgaben gerne Flüchtigkeitsfehler zu machen.

Die Lehrer lächelten milde.

Dann schrieb Jenni selbst eine Aufgabe an die Tafel:

712 x 825.

Nach kurzem Überlegen fügte sie auch gleich das Ergebnis hinzu: »587.400.«

Der Gesichtsausdruck der Lehrer schwankte jetzt zwischen ungläubig und misstrauisch.

Der Rektor holte unauffällig einen Taschenrechner hervor, um das Ergebnis nachzuprüfen. Es stimmte.

»Jetzt eine Aufgabe von mir«, sagte der Schulrat, der das alles nicht glauben wollte, und schrieb 2.580 x 4.635 an die Tafel.

Nach kurzem Nachdenken antwortete Jenni: »11.958.300.«

»Unfassbar«, murmelte der Rektor, der die Zahlen gleichzeitig in seinen Rechner eingegeben hatte.
Die Kinder waren vor Staunen still.
»Sprachen Sie nicht vorhin«, sagte der Schulrat mit gedämpfter Stimme zu Herrn Döderlein, »von einem absoluten Sorgenkind? Hier handelt es sich doch ganz offenbar um eines dieser hoch begabten Kinder, die sich im normalen Unterricht zu Tode langweilen. Und so ein Kind wollen Sie in eine Kochschule stecken.«
Der Schulrat war ziemlich verwundert über Herrn Döderlein.
Dann sagte er zu Jenni, die immer noch an der Tafel stand und gelassen darauf wartete, wie es weitergehen sollte: »Du kannst dich jetzt setzen, mein Kind. Ich möchte dich aber anschließend noch sprechen.«
Jenni ging zu ihrem Platz zurück. Sie strahlte nach allen Seiten, als wollte sie sagen: »Das habt Ihr mir wohl alle nicht zugetraut?«
Natürlich wusste niemand, dass sie Luzis Spezial-Uhr am Handgelenk trug. Eine Uhr, in die man die Zahlen nicht eintippen musste, sondern nur vorzusprechen brauchte.

Als die Pausenglocke läutete, standen auf ein Zeichen des Klassenlehrers die Kinder auf und riefen: »Auf Wiedersehen, Herr Schulrat.«
»Auf Wiedersehen, Kinder«, sagte er.
Dann liefen alle hinaus. Luzi düste zu seiner Freundin ins Engelsheim, denn die hatte Tortelli nach Teufelsart für ihn gemacht.

Auf dem Gang standen der Schulrat, der Klassenlehrer und der Rektor in angeregtem Gespräch zusammen.
»Eine ungewöhnliche Klasse«, sagte der Schulrat. »Erst diese Sprachbegabung aus Neapel und dann dieses Überflieger-Mädchen.«
Als er Jenni in der Türe stehen sah, winkte er sie zu sich.
»Sag mal, mein Kind, langweilst du dich nicht manchmal im Unterricht?«
»Fast immer«, sagte sie spontan.
»Sehen Sie, Herr Kollege, was ich vorhin sagte. Diese Kinder langweilen sich.«
Dann wandte er sich wieder an Jenni und sagte freundlich: » Wir haben uns gerade über dich unterhalten. Herr Döder-

lein wird mit deinen Eltern sprechen. Du gehörst möglichst bald in eine andere Schule. In eine für Hochbegabte, wo du gefördert wirst. In einer normalen Schule wie dieser verkümmern deine Talente.«
Der Schulrat klopfte Jenni zum Abschied lobend auf die Schulter.

Jenni lief nach Hause. Unterwegs aber dachte sie: Irgendwie habe ich immer gewusst, dass in dieser Schule meine Talente verkümmern.

Die Geburtstags-überraschung

So sehr wie dieses Mal hatte sich Jenni noch nie auf ihren Geburtstag gefreut. Nicht nur weil es Geschenke geben würde, sondern weil der so lange ersehnte Vater endlich von seiner Urwald-Expedition zurückkommen sollte. Das war für sie das allerschönste Geburtstagsgeschenk.

Seit Jenni wusste, dass ihr Papa kommen würde, war sie wie ausgewechselt. Allen fiel es auf, vor allem ihrem Klassenlehrer. Im Schreiben und Lesen wurde sie immer besser. Sie passte im Unterricht sogar wieder auf. Mathematik hatte sie nicht mehr, davon war sie als Hochbegabte jetzt befreit.

Konrad rief den ganzen Tag: »Papa, Papa, da bist du ja, da bist du ja!«, was Luzi ziemlich nervte.
Aber dann wurde Jennis Glück jäh beendet. Genau einen Tag vor ihrem Geburtstag passierte es. Die Mutter erhielt einen Anruf, dass sich die Rückkehr des Vaters verzögere. Er sei kurz vor seiner Abreise aus dem Dschungel auf das letzte Paar einer aussterbenden Vogelgattung gestoßen und müsse die Tiere erst noch in einen Spezial-Zoo bringen.
Als die Mutter die Nachricht Jenni überbrachte, brach für sie die Welt zusammen. Sie hatte sich so auf den Geburtstag mit ihrem Vater gefreut und konnte ihr Unglück nicht begreifen. Vor lauter Aufregung bekam sie Fieber und musste ins Bett. Die Mutter legte ihr kalte Tücher auf die Stirn. Aber Jenni war nicht zu beruhigen. Sie zitterte am ganzen Körper.
Das Zittern wurde von Luzi sofort bemerkt, denn er hatte seinen Zitterfrequenz-Sensor immer dabei. Er überflog gerade den Gardasee, wo er mit seiner Freundin den Koch eines berühmten Restaurants besuchen wollte. Zuerst reagierte er gar nicht und dachte, lass sie ruhig ein bisschen

zittern. Dann aber leuchtete das rote Lämpchen auf, was höchste Gefahrenstufe bedeutete. Ihm blieb gar nichts anderes übrig, als sofort umzukehren. Er flog zeitweilig mit Überschallgeschwindigkeit. So dauerte es nicht lange, und er war bei ihr.

Er landete gerade in dem Moment, als sich die Mutter zur Apotheke aufmachte, um Beruhigungstropfen zu holen.

Luzi eilte ins Haus. »Papa, Papa, da bist du ja, da bist du ja!«, krächzte Konrad zu seiner Begrüßung. Was ist denn mit dem los?, dachte Luzi. Konrad war die Freundlichkeit in Person. Aber als er Luzi erkannte, schrie er: »Blödengel, Blödengel, hau bloß ab, hau bloß ab!«

Als Jenni Luzi sah, wurde sie ein wenig ruhiger. Er setzte sich an ihr Bett und hörte ihren traurigen Nachrichten zu.

»Könnt ihr nicht einfach deinem Papa entgegenfahren«, fragte Luzi.

»Das hat Papa sogar selbst vorgeschlagen. Aber wir müssten das Flugzeug nehmen . . .«

»Ja und . . .?«

»Mama sagt, dass es zu weit ist und auch zu teuer.«

Luzi dachte nach.

»Und außerdem«, fuhr Jenni fort, »würde ich einige Tage Schule versäumen. So kurz vor den Ferien wollte das Mama nicht.«

Luzi sah Jenni lange an. Dann strich er ihr durchs Haar und sagte: »Ich lass mir was für dich einfallen. Du kriegst schon noch einen schönen Geburtstag.«

Jenni wischte sich die Tränen aus den Augen und versuchte zu lachen. »Kannst du nicht schon was verraten?«

»Nein.«

»Etwas andeuten wenigstens?«

»Das schon gar nicht«, sagte er, obwohl er es gern getan hätte. Luzi kann nämlich Überraschungen nicht gut für sich behalten. Und damit er nicht noch schwach wurde, verabschiedete er sich lieber.

Kurze Zeit danach traf sich Luzi mit Anna und Dani im Mac. Sie hatten mittlerweile von Jennis Mutter gehört, was passiert war. Sie wussten, wie sehr sich Jenni zu ihrem Geburtstag auf ihren Vater gefreut hatte. Aber wie man sie trösten konnte, wussten sie auch nicht.

»Du siehst so aus«, sagte Anna zu Luzi, »als hättest du schon eine Idee.«

»Hab ich auch«, sagte Luzi und sein Blick wechselte zwischen geheimnisvoll und verschmitzt. »Aber ich wollte sie mit euch besprechen. Außerdem brauche ich eure Hilfe.«

Die Kinder sahen ihn gespannt an.

Dann erzählte Luzi ihnen von seinem Plan. Als er fertig war, sagte er stolz: »Stark, was?!«

Anna und Dani sahen sich staunend an und sagten: »Megastark!«

»Und was sollen *wir* dabei tun?«, fragte Anna.

»Ihr sollt«, antwortete Luzi, »Jenni und ihre Mama morgen so früh wie möglich zur Schule locken. Sie müssen unbedingt als Erste dort eintreffen. Lasst euch irgendwas einfallen. Traut Ihr euch das zu?«
Anna sagte: »Klar.«
»Und Jennis Mama soll ihre Fotoapparate nicht vergessen«, ermahnte Luzi noch.
»Verstehe«, sagte Anna und lachte verschmitzt.
Dann düste Luzi wieder ab.
»Warum soll Jennis Mama ihre Fotoapparate nicht vergessen?«, fragte Dani und schob sich die letzten Pommes in den Mund.
»Mann, kapierst du denn gar nichts? Damit sie von der Aktion Fotos macht. Die Fotos, die sie davon macht, und die Artikel, die sie darüber schreibt, werden ihr aus der Hand gerissen und erscheinen in allen Zeitungen. Außerdem kriegt sie 'ne Menge Kohle dafür. Kapiert?«
Dani nickte.
Nach längerem Nachdenken fragte er: »Dann müssen wir also deshalb so früh aufstehen, damit Jennis Mama die Erste ist, die Fotos macht.«

»Jetzt hast du's gerafft!«

Anna verrollte die Augen. Wenn Dani so schnell denken könnte, dachte sie, wie er Klavier spielt, würde er in der Schule auch zu den Hochbegabten gehören.

»Und wie wollen wir Jenni und ihre Mama so früh von zu Hause weglocken?«, fragte Dani besorgt.

»Das überlass nur mir«, sagte Anna. »Sei du zeitig an der Schule.«

Dann gingen sie auseinander.

Am nächsten Morgen war es Anna tatsächlich gelungen, Jenni und ihre Mutter ganz früh aus den Betten zu holen und zur Schule zu bringen. Sie tat so, als hätte sie sich zusammen mit Dani eine Überraschung zu Jennis Geburtstag ausgedacht.

Unterwegs kam Dani hinzu. Alle waren sehr gespannt und begannen zu raten. Anna und Dani wussten zwar von Luzis Überraschung, aber wie sie aussehen würde, das konnten auch sie sich nicht vorstellen.

Doch schon bald sollte das Geheimnis gelüftet werden.

Als sie vor der Schule ankamen, trauten sie ihren Augen

nicht. Fassungslos blickten sie einander an. Die ganze Schule war von einem riesigen, bunt bemalten Tuch bedeckt. Nichts von ihr war mehr zu sehen. Kein Eckchen schaute mehr heraus. Sie sah aus wie ein hübsch verpacktes Geburtstags-Geschenk.

Jennis Mutter hatte so etwas Ähnliches schon einmal gesehen. Ein berühmtes Gebäude in der Hauptstadt, das von einem bekannten Verpackungs-Künstler eingehüllt worden war. Aber noch nie hatte sie davon gehört, dass so etwas mit einer Schule passiert wäre. Doch eines wusste sie. Das war für sie die Gelegenheit, in allen Zeitungen des Landes bekannt zu werden. Nachdem sie alles fotografiert und sich Notizen gemacht hatte, eilte sie heim.

Danach trafen nicht nur die ersten Kinder mit ihren Müttern und Vätern ein, sondern auch viele Neugierige. Die Sensation hatte sich rasch herumgesprochen. Die umliegenden Straßen waren verstopft, der Verkehr total zusammengebrochen. Wer mit dem Auto zur Schule unterwegs war, blieb im Stau stecken. Die meisten Eltern versuchten, die Kinder zu Fuß zum Unterricht zu bringen, damit sie pünktlich waren. Doch jedem, der im Schulhof ankam, war klar, dass an diesem Tag niemand zu spät kommen konnte. Eine Schule gab es nicht mehr, es war einfach keine mehr da.

Aufgeregt diskutierten die Eltern mit den Lehrern und die Lehrer mit Rektor Grimmig und Rektor Grimmig mit Hausmeister Pfannenstiel über das, was geschehen war. Der Rektor fand die Sache gar nicht komisch, vor allem nicht den Spruch, der über dem Eingang zu lesen war: »Diese Schule ist zu verkaufen.«

Auch wenn es der Direktor nicht lustig fand, die Kinder fanden es lustig. Sie lachten und amüsierten sich köstlich.

Dann kam auch das Fernsehen, um den Zuschauern im ganzen Land über die ungewöhnliche Aktion in der kleinen Stadt zu berichten.

Jennis Mutter aber hatte längst ihre Artikel mit den Fotos von der verhüllten Schule an alle großen Zeitungen geschickt.

Der Rektor, der zuerst vom Fernsehen interviewt wurde, sagte, er sei von der Aktion völlig überrascht worden und er hätte nicht einmal einen Verdacht, wer das gewesen sein könnte. Und da er nicht wusste, wann die eingepackte

Diese Schule
ist
zu verkaufen!

Schule wieder ausgepackt würde, blieb ihm nichts anderes übrig, als bis auf weiteres schulfrei zu geben.
Jubelgeschrei bei den Kindern.
Anschließend holte der Reporter ein Kind vor die Kamera, um es nach seiner Meinung zu fragen. Es war Jenni. Sie nannte artig ihren Namen und setzte ein Gesicht auf, als wollte sie sagen: »Ich weiß auch nicht, wer es war.« Dabei wusste sie genau, wer sich das Ganze ausgedacht hatte. Dann strahlte sie in die Kamera und sagte: »Endlich einmal eine Schule, die man nicht sehen kann.«
Die Kinder klatschten und johlten.
Dann gingen sie mit ihren Eltern nach Hause und hofften, dass es recht lange dauern würde, die Schule wieder auszupacken.

Jenni aber lief zu ihrem Engel, der auf der Schulhof-Mauer saß und mit Osmodeus von dort das Geschehen beobachtet hatte.
In der Hand schwenkte sie ihr Handy und rief dauernd: »Ich glaub's nicht, ich glaub's nicht.«
»Was ist denn passiert?«, fragte Osmodeus.

»Stellt euch vor«, erzählte sie aufgeregt, »ich darf zu Papa. Mama hat mir gerade ’ne SMS geschickt. Sie hat so viele Bilder und Artikel verkauft, dass ihr jetzt ganz egal ist, wie viel der Flug kostet. Wir fliegen noch heute. Abends feiern wir dann alle meinen Geburtstag. Und morgen zeigt mir Papa die Tiere, die er gerettet hat.«
»Und die Schule?«, fragte Osmodeus schmunzelnd.
»Die fällt erst mal aus«, lachte sie, »hoffentlich recht lange.«
Dann drückte sie Luzi einen dicken Kuss auf die Backe und Osmodeus auch einen, aber einen etwas weniger dicken.
Und gerade in dem Moment, da ihr Glück am größten war, leuchtete an Luzis Handy das rote Lämpchen auf.
Luzi wusste, wer ihn dringend sprechen wollte. Aber er hatte keinen Bock darauf.
»Geh du ran«, sagte er zu Jenni und drückte ihr das Handy in die Hand, »es ist mein Chef.«
Jenni hielt das Handy ans Ohr und sagte artig: »Hallo Petrus, hier ist die Jenni. Sicher hast du schon von mir gehört.«
Es entstand eine Pause.
»Rede weiter«, flüsterte Luzi.

»Und danke«, sagte sie, »dass du mir Luzi geschickt hast. Der ist so ein Schatz von einem Engel. Und Ideen hat der, einfach megastark.«

Aber das konnte Petrus schon nicht mehr hören, denn er hatte wütend aufgelegt.

Jenni sah Luzi an, zuckte die Schultern und sagte: »Ich glaub, er war nicht gut drauf.«

Geheime Zusammenkunft

»Was ist denn mit dir los?«, fragte Osmodeus, als Jenni unerwartet bei ihm im Handwerkskeller der Schule auftauchte. »Du machst ja ein Gesicht wie vierzehn Tage Regenwetter.«

»Hab ein Problem«, sagte sie, »weißt du, wo Luzi ist?«

»Weiß nur«, antwortete Osmodeus harmlos, »dass er noch was erledigen wollte, bevor er morgen zurückfliegt.«

»Bevor er zurückfliegt?«, wiederholte Jenni überrascht. »Was meinst du mit zurückfliegt?«

Osmodeus merkte zu spät, dass er sich verplaudert hatte, und wurde ziemlich verlegen.

»Raus mit der Sprache!«, herrschte Jenni ihn an.

Osmodeus blieb nichts anderes übrig, als die Wahrheit zu sagen. Dass die Verpackungsaktion der Schule im Himmel ein Nachspiel hatte und Petrus Luzi zurückbeordert hat.

»Und wozu?«, wollte Jenni wissen.

»Genaues wissen wir nicht.«

»Und warum erfahre ich nichts davon?«, schimpfte sie. »Mir müsste er das doch zu allererst sagen.«

Dann aber wurde sie plötzlich ganz traurig und schluchzte: »Was ist denn das für ein Schutzengel, der nichts sagt, wenn er einen verlässt?!«

»Er wird es sicher noch tun«, versuchte Osmodeus sie zu trösten. »Sicher geht es auch ihm sehr nahe. So wie uns allen. Er ist doch jedem von uns ans Herz gewachsen.«

»Und was tut Ihr?«, empörte sich Jenni. »Rumsitzen und jammern.«

»Wir kommen mittags im Engelsheim zusammen«, berichtete Osmodeus, »um zu beraten. Alle wollen, dass Luzi zurückkommt. Vielleicht schreiben wir an Petrus ein Bittgesuch.«

»Ein Bittgesuch«, sagte sie verächtlich, »als ob das was bringt«.

Dann stürzte sie grußlos hinaus.

Osmodeus aber fühlte sich schrecklich, weil ihm dieses Missgeschick passiert war.

Mittags im Engelsheim wollte keinem das Essen so recht schmecken. Es gab aber auch nichts Besonderes, denn Luzis Freundin war die Freude am Kochen gründlich vergangen. Verständlich, denn Luzi war ihr ein und alles.

Zur gleichen Zeit hatte sich Jenni, die der überraschenden Abreise Luzis auf den Grund gehen wollte, heimlich in das verlassene Bauernhaus eingeschlichen. Sie wusste längst, wie man dort hineinkam, auch wenn sie nie gewagt hatte, es auszuprobieren. Von ihrem Versteck aus konnte sie die Engel gut beobachten.

Nach dem Essen ergriff der Ober-Engel das Wort: »Ich denke, es wäre nicht schlecht, würde Luzi unserem Herrn Petrus ein schönes Geschenk von der Erde mitbringen.«

Allgemeine Zustimmung.

»Geschenk ist immer gut«, rief einer.

»Das stimmt ihn mild«, meinte ein anderer.

»Aber über was würde er sich freuen?«, fragten sich die meisten.

»Ich könnte eine schöne Torte backen«, schlug die Engels-Köchin vor, mit Petrus in rosa Marzipan obendrauf.«

»Außer Krümel wird von der Torte wohl nicht viel im Himmel ankommen«, meinte Osmodeus trocken.

Alle lachten.

»Wie wär's mit 'nem kleinen Fernseher?«, fragte einer.

»Kann er doch gar nicht benutzen«, bekam der Frager zur Antwort.

»Und warum nicht?«, wollte er wissen.

»Weil's im Himmel keine Steckdosen gibt.«

Alle lachten.

Der Dirigenten-Engel meinte, dass es vielleicht eine gute Idee wäre, würde Luzi Petrus etwas Schönes vorspielen, weil er Musik doch so mag.

»Welches Instrument kann Luzi denn?«, fragte eine Engelin.

Ohne groß nachzudenken, antwortete die Engels-Köchin: »Keines.«
Osmodeus sagte: »Ich dachte, er kann Harfe. Behauptet er doch immer.«
Jenni in ihrem Versteck hätte fast laut herausgelacht. Sie konnte sich Luzi an der Harfe absolut nicht vorstellen.

Als Luzi bald darauf im Engelsheim eintraf, strahlte er über das ganze Gesicht. Er hatte einen großen Rucksack bei sich, den er vorsichtig in einer Ecke abstellte.
Sofort eilte seine Freundin, die Engels-Köchin, herbei, um ihn mit Schokoladenkuchen und Sahne abzufüttern. Sie kämpfte mit den Tränen.
»Stimmt das, dass du Harfe kannst?«, fragte Osmodeus.
»Harfe«, antwortete Luzi mit vollem Mund, »Posaune und vieles andere.« Dabei verschluckte er sich derart stark, dass er einen Erstickungsanfall kriegte. Die Engels-Köchin klopfte ihm so lange auf den Rücken, bis das Husten aufhörte.
Jenni hätte sie gerne abgelöst.
»Warum sollte ich denn nicht Harfe können?«, sagte Luzi mit leicht gekränkter Stimme.

»Dann spiel doch was für uns«, schlug eine Engelin vor.
»Gute Idee«, meinte der Dirigenten-Engel, »ich hol schon mal das Instrument.«
»Nein, nein«, sagte Luzi rasch, »das mach ich selbst.«
Dann ging er hinaus.
Jenni, die sah, wie er draußen an dem Instrument herummachte, ahnte schon, dass er wieder einmal einen Trick aus seiner Trickkiste herausholen würde.
Als Luzi mit der Harfe zurückkam, setzte er sich auf einen Stuhl und nahm die Harfe auf den Schoß. So wie man eine Zitter auf den Schoß nimmt.
Die Engel brüllten vor Lachen und auch Jenni liefen die Lachtränen über die Backen.
»Eine Harfe«, sagte der Dirigenten-Engel freundlich zu Luzi, »nimmt man nicht auf den Schoß, man sitzt vor ihr.«
»Ach richtig!«, sagte Luzi rasch, »jetzt erinnere ich mich wieder. Aber bei den vielen Instrumenten, die ich spiele, bringe ich die einzelnen manchmal durcheinander.«
Nachdem das Instrument dann auf dem Boden stand und er richtig davor saß, fing er zu harfenieren an.
Er spielte das berühmte Schutzengel-Gebet aus der Oper

Hänsel und Gretel: »Abends, wenn ich schlafen geh, vierzehn Engel bei mir stehn.«
Luzi spielte das Lied wunderschön. So schön, wie die Engel das Lied noch nie zuvor gehört hatten. Jenni weinte ganz leise in ein großes Taschentuch. Aber auch die Engel konnten sich ihrer Tränen nicht erwehren. Dem Dirigenten-Engel aber war es fürchterlich peinlich, dass er Luzis Musikalität so unterschätzt hatte.
»Na«, sagte Luzi stolz, »glaubt Ihr jetzt, dass ich Harfe kann?«
Dann kehrte er zum Tisch zurück und zog sich ein weiteres Stück Schokoladenkuchen rein. Doch als Luzi am Tisch saß und die Harfe immer noch spielte, da wussten alle, dass er wieder getrickst hatte, und mussten herzlich lachen.
Danach sagte Osmodeus zu Luzi, dass sie sich beraten hätten und der Meinung seien, er solle Petrus ein schönes Geschenk mitbringen, um ihn zu besänftigen. Man wisse nur noch nicht, was.
»Aber ich weiß es«, sagte Luzi stolz, »und hab es auch schon.« Er holte seinen Rucksack aus der Ecke. »Ein Geschenk, über das sich Petrus sehr freuen wird.«

»Was ist es denn?«, fragte einer.

»Etwas, was es im Himmel nicht gibt.«

Die Engelinnen riefen: »Verrätst du es uns?«

»Ich zeig es euch sogar.«

Luzi öffnete mit geheimnisvollem Blick den Rucksack. Und heraus holte er einen Gartenzwerg. Einen wunderschönen Gartenzwerg.

Die Engelinnen waren entzückt und klatschten begeistert in die Hände.

»Denkt Ihr«, fragte Luzi in die Runde, »dass er Petrus gefallen wird?«
»Aber klar«, schrien alle, »und wie der ihm gefallen wird.«
»Er heisst Peter«, erklärte Luzi.
»Ein sehr schöner Name für einen Gartenzwerg«, fanden die meisten.
»Petrus wird Peter in der Nähe des Throns aufstellen«, meinte Osmodeus, »am paradiesischen See, wo die Flamingos baden.«
Hochbeglückt über die Reaktion der Engel packte Luzi den Peter für Petrus wieder ein.
Dann brach er auf. Er winkte den Engeln zu und rief: »Ich komme wieder, verlasst euch darauf.«

Gerade, als Luzi das Engelsheim verlassen wollte, sah er, wie Jenni aus einem Fenster aufs Dach kletterte.
»Willst du mir nicht wenigstens helfen«, rief sie von oben, »hier wieder runterzukommen?!«
»Wieso eigentlich?«, rief Luzi lachend hinauf, »wenn du an Bäumen hochklettern kannst, solltest du auch vom Dach runterkommen können.«

»Dann fang mich wenigstens auf«, rief sie zurück, und noch ehe Luzi sie vom Springen abhalten konnte, ließ sie sich einfach vornüberfallen.
Luzi fing sie sicher auf.
»Bist du verrückt?«, schimpfte er, als er sie in den Armen hielt. »Weißt du eigentlich, wie hoch das Dach ist?«
»Weiß ich nicht«, sagte Jenni und strahlte ihn an: »Ich weiß nur, dass ich Lust hatte, einmal in meinem Leben von einem Engel aufgefangen zu werden.«
»Du bist wirklich verrückt«, lachte Luzi.
»Auch nicht verrückter als du!«, sagte sie halb lachend, halb weinend. Und als die Tränen ihre Augen in einen großen See verwandelten, legte sie ihre Arme um seinen Hals und flüsterte: »Mein süßer Engel, mein süßer Engel.«
Auch Luzi kämpfte mit den Tränen. Lange drückte er sie an sich, ganz fest. Dann band er sich rasch sein rotes Halstuch vor den Mund, wie die Motorradfahrer, mit Knoten hinten, und hob ab.

Jenni lag an diesem Abend noch lange wach in ihrem Bett. Immer wieder fragte sie sich, ob der Gartenzwerg Petrus wohl gefallen würde. Und ob er ihn wirklich dazu brächte, Luzi wieder zur Erde zurückzuschicken. So recht glauben konnte sie das nicht.

Da kam ihr eine Idee.

Zurück im Himmel

Es hatte sich unter den Engeln im Himmel schon herumgesprochen, dass Petrus Luzi wieder einmal zurückbeordert hatte. Sie waren sowieso verwundert, dass es nicht schon früher geschehen war. Denn dass Petrus sich über Luzis Aktionen öfters gewundert und ihn erbost angerufen hatte, das war jedem bekannt.

Als es feststand, wann Luzi kommen würde, versammelten

sich viele Engel am Ufer des großen paradiesischen Sees vor Petrus' Himmelsthron, um seine Ankunft mitzuerleben. Sie wussten, dass er sich meist etwas Besonderes ausdachte, damit sie etwas zu lachen hatten.
Luzi war auf seinem Flug bester Laune. Er fand nämlich die Idee mit dem Gartenzwerg ziemlich gut und glaubte fest, dass Petrus sich über sein Geschenk sehr freuen und ihn zur Belohnung wieder auf die Erde schicken werde.

Kaum war Petrus im azurblauen Pedromobil vorgefahren und die Wolkenstufen zu seinem Thron emporgestiegen, als auch schon ein Rauschen in der Luft zu vernehmen war. Die schön geordneten Schäfchenwolken über dem Thron gerieten durcheinander und die Seerosen mit den schlafenden Ungeborenen auf dem paradiesischen See begannen zu schlingern.
Die Engel brauchten sich nicht lange zu fragen, was wohl die Ursache hierfür sei, denn kurz darauf schoss Luzi im Tiefflug über den See und hinterließ nicht nur Wellen, sondern auch eine schwarze, stinkende Rauchfahne. Er entschuldigte sich später damit, dass er nach dem überra-

schenden Anruf von Petrus sein Triebwerk nicht mehr habe warten können.
Als Luzi dann gelandet war und am Fuße der Wolkentreppe vor Petrus' Thron stand, verbeugte er sich tief und sagte mit unterwürfiger Stimme: »Salve, hochverehrter, gütigster Herr Petrus. Sehen Sie Ihren treuen Diener Luzi vor sich, dem die große Gnade widerfahren ist, wieder einmal vor Ihnen stehen zu dürfen.«
»Schon gut, schon gut«, sagte Petrus, dem das Gesäusel wegen der anderen Engel peinlich war. Außerdem wusste er, dass Luzi es nicht so meinte, was er sagte.
Aber noch bevor Petrus etwas erwidern konnte, hatte Luzi das Wort schon wieder ergriffen und sagte: »Zum Zeichen meines großen Danks für Ihre immer währende Güte und Nachsicht mit mir, habe ich von der Erde ein Geschenk mitgebracht, das Ihnen zu überreichen ich mir untertänigst erlauben darf.«
Luzi holte seinen Rucksack von den Schultern und setzte ihn behutsam vor der Wolkentreppe ab.
Petrus blickte nach dieser blumenreichen Ansprache ziemlich misstrauisch auf Luzi und seinen Rucksack.

Immer mehr Engel flogen herbei und scharten sich um den Thron. Alle fragten sich, was Luzi wohl mitgebracht haben könnte.
Luzi öffnete den Rucksack ganz vorsichtig. Doch nicht die rote Mütze des Gartenzwergs, sondern der bunt gefiederte Kopf von Konrad lugte heraus. Luzi war zwar überrascht, wusste aber auch sofort, wer den Gartenzwerg gegen Konrad vertauscht hatte.
Der Papagei, überglücklich endlich befreit zu sein, flatterte eiligst heraus und liess sich nach einigem Suchen schließlich zufrieden auf Petrus' Schulter nieder.
»Servus, altes Haus, Servus, altes Haus«, krächzte Konrad.
Die Engel kicherten und hatten Mühe, nicht laut herauszulachen.

Petrus stand kurz vor einer nervösen Krise.

Luzi entschuldigte sich rasch mit der Bemerkung: »Verzeihen Sie ihm, gütigster Herr Petrus, die ungeziemenden Worte. Er ist eben nur ein Tier.«

Dagegen konnte Petrus nichts einwenden. Denn er musste sich sagen, dass er nicht nur der Vater aller Engel, sondern auch der Vater aller Tiere war.

Der Himmels-Verwalter wusste auch nicht so recht, wie er mit der ungewohnten Situation umgehen sollte. Nur eines wusste er, dass Luzi und dieser plappernde Vogel so rasch wie möglich wieder aus dem Himmel verschwinden mussten.

Eine Strafpredigt, überlegte er, würde viel zu lange dauern und hätte bei diesem Engel wenig Sinn. Auch sagte er sich, dass Luzi das eigensinnige Mädchen eigentlich ganz gut in den Griff bekommen hatte. Immerhin schwänzte sie nicht mehr so oft. Das war schon ein schöner Erfolg, mit dem er gar nicht gerechnet hatte.

Und so entschied sich Petrus dafür, Luzi ein kleines Lob auszusprechen und ihn zur Erde zurückzuschicken.

»Aber vergiss nicht«, sagte Petrus noch, »dieses reizende Tierchen wieder mitzunehmen.«

Dann stand er rasch auf, kletterte die Wolkentreppe hinab und entschwand eilig im Pedromoblil.
Konrad rief noch zweimal »Servus, altes Haus«, dann wurde er von Luzi eingefangen und in den Rucksack gesteckt.
Kaum war Petrus außer Sichtweite, da startete Luzi auch schon sein Triebwerk und düste unter ohrenbetäubendem Lärm über den himmlischen See hinweg in Richtung Erde.
Unterwegs aber wurde ihm plötzlich klar, dass Petrus in der Aufregung über den Papagei ganz vergessen hatte ihm einen neuen Auftrag zu geben. Da schaltete Luzi sein Triebwerk ab und schwebte auf Flügeln gemächlich zur Erde hinab.
Und er sagte sich: »Jetzt bin ich ein Himmelsbote in allergeheimster Mission«.